ふたり姉妹

瀧羽麻子

祥伝社文庫

＊

波の音が聞こえる。

屋根のないホームに降りたったのはわたしひとりだった。真正面に茂《しげ》っている木々から、やかましい蟬《せみ》の声が降ってくる。重なりあった枝の隙間《すきま》に、きらきら揺れる光が見える。生ぬるい風に乗って潮《しお》の香りが流れてくる。

とうとう、来てしまった。

重いボストンバッグを無理やり肩にかけ、無人の改札を抜けて、海を背にして踏切を渡った。サンダルのヒールがレールにひっかかる。転びそうになって足をとめ、左右を見回してみた。線路は海際をゆるやかに蛇行《だこう》しながら続いている。遠ざかっていく電車の真上に、ばかに大きな夕日がぽかんと浮かんでいる。

踏切を渡りきると、商店街がはじまる。まだ店じまいには早いはずなのに、どこもシャッターが下り、ゆきかう人影もまばらだった。東京の、最寄り駅から自宅までの道を、つい思い浮かべてしまう。今が一番にぎわう時間帯だ。惣菜《そうざい》屋や魚屋や豆腐屋の前で、自転車を押した主婦や勤め帰りの会社員が、晩ごはんのおかずを物色しているはずだった。八百屋《やおや》の店主がどら声を張りあげて売れ残った野菜のたたき売りをはじめ、肉屋の店先には揚げものの香ばしいにおいが漂《ただよ》い、コロッケやらメンチカツやら鶏のからあげやらが飛ぶように売れてゆく。

ぼんやりと歩いていたら、ボストンバッグを電信柱にぶつけてしまった。静かすぎる道に、どすん、と鈍《にぶ》い音が響き、それがなにかの合図だったかのように頭上で蛍光灯《けいこうとう》がついた。

バッグを揺すりあげ、足を速める。しっかりしないと。うちを出てまだ数時間しか経《た》っていないのに、もうホームシックなんて情けない。いや、言葉の使いかたがおかしいだろうか。生まれ育ったふるさとを恋しがるのがホームシックだとしたら、実家のある町で東京をなつかしむというのは、まるで逆だ。これはいったい、なんと呼べばいいんだろう。とにかく病気《シック》には違いない。そうでなければ、こんなに弱気になるわけがない。

ようやく開いている店があったと思ったら、コンビニだった。場違いに明るい、四角い箱は、さびれた商店街にまったくなじんでいない。こんなところに、こんなものがあっただろうか。

見慣れた青と白のロゴマークが描かれたドアに、吸い寄せられた。店内に足を踏み入れたとたん、きんと強すぎる冷房で、むきだしの二の腕に鳥肌が立った。

「いらっしゃいませ」

またもや逆ホームシックに襲《おそ》われて、立ちどまる。入店のときに鳴るチャイムと挨拶《あいさつ》は全国共通らしい。

しましまの制服を着た若い男の店員のぶしつけな視線から逃《のが》れ、棚の間をうろついてみる。雑誌、アイスクリーム、菓子パン、カップラーメン。特にほしいものはないけれど、ひまそうな店員にじろじろ見られている手前、手ぶらで出るのも気がひける。ざるそば、サラダ、栄養ドリンク、ヨーグルト。やっぱりほしいものはなんにも見あたらない。無難にお茶でも買っていこうかと奥の冷蔵庫へ向かいかけたところで、お菓子の陳列棚が目に入った。中ほどの段に並んでいる赤いチョコレートの箱に、わたしはそろそろと手を伸ばした。

ほしいものは、あった。

このチョコレートに何種類のフレーバーがあるのか、わたしはそらで言える。コマーシャルソングだって歌える。宣伝をしている俳優も、五代前までさかのぼることができる。

わたしのものだったのに。なのに、どうして。

「ありがとうございましたあ」

だるそうな店員の声に送られて、のろのろと店を出た。ぶらさげたコンビニ袋が頼りなく軽い。風が強くなっていた。海からはだいぶ離れたはずなのに、まだ磯《いそ》くさいにおいが体にまとわりついてくる。

バスから降りたときには、日が暮れかけていた。薄闇の中、田んぼに囲まれた道を急ぐ。完全に暗くなってしまったら立ち往生だ。遠くのほうに、ぽつりぽつりと民家のあかりが散っている。

行く手に一軒家が見えてきた。影絵のように浮かびあがった二階建ての、一階の窓だけが黄色い光を放っている。

一応、鍵は持ってきた。チャイムを鳴らそうか少し迷ってから、結局インターホンのボタンを押した。頭の上で電灯がつき、ほぼ同時に、がばりとドアが開いた。みりんらしきにおいが鼻をかすめる。

「もう、また鍵忘れたの？」

母がため息まじりに言った。それからぽかんと口を開けて、まじまじとわたしの顔を見た。

「聡美《さとみ》？」

「ひさしぶり」

わたしは言った。明るく、軽く。

「どうしたの？」

母がつったったままで聞いた。わたしが中学のときに部活で使っていた、派手なピンクのTシャツを着ている。物持ちがいいのも身なりにかまわないのも、相変わらずだ。

「泊めてもらってもいい？」

わたしは笑顔を保《たも》った。ここまで来たら、もう後戻りはできない。

「もちろん、かまわないけど」

母がドアを押さえてわたしを中へ通してくれた。みりんのにおいが濃くなった。

「聡美はいっつも急ねえ。来るなら来るで連絡してくれたらよかったのに」

確かに、急だ。でも今回はわたしのせいじゃない。わたしだって、ついおといまでは、こんなことになるなんて思ってもみなかった。

「ごめんね。メール入れようと思ってたのに、ばたばたしててすっかり忘れてた」

慎重に答える。幸い、会話の流れは、新幹線の中で考えていた想定問答とほぼ同じだった。反応を読めてしまうのは、三十年近くも親子としてつきあってきたせいもちろんあるけれど、母の性格によるところも大きいだろう。何事においても、母には決まったやりかたがある。予想外の行動は起こりようがないし、母自身も起こしたがっていない。

「ごはんも適当なものしかないよ。お父さんに電話して、お刺身でも買ってきてもらう？」

「そんな、わざわざいいって」

上がりかまちに腰かけて、サンダルを脱ぐ。タイル貼りのたたきには、母のつっかけ以外はなにも出ていない。

「あ、和室も片づけないと。言ってくれたら、昼間におふとんも干しといたのに」

「ほんとに全然おかまいなく。いきなり押しかけてるこっちが悪いんだし」

「押しかけるだなんて」

母が顔をしかめ、頭を振った。とれかけたパーマが揺れる。だいぶ白髪が増えている。

「なに水くさいこと言ってるの。ここは聡美のうちでしょう」

本当に、母の言葉はどれもこれも、驚くほど予想どおりだ。携帯電話の予測変換機能さながらに、声が届くより先にせりふが思い浮かぶ。

いつだって好きなときに帰ってきていいのよ。

「いつでも好きなときに帰ってきていいんだからね」

母が言った。

「今回はいつまでいるの？　明日？　明後日？」

ボストンバッグを持って立ちあがったわたしに、思いついたようにたずねる。前回の帰省は一年以上前で、日帰りだった。

浅く息を吸って答えようとしたとき、玄関のチャイムが鳴った。

「おかえり」

ドアを開けたわたしの顔を見て、愛美《まなみ》はさっきの母と同じ表情を浮かべた。

口を半開きにして、もともとまるい目をさらに大きく見開いている。ほとんど化粧をしていないせいか、なんとなく見覚えのある古い水玉模様のワンピースのせいか、暗い中だと高校生くらいにも見える。

そしてなぜか、巨大な花束を抱えている。

「どうしたの、その花？」

「どうしたの、お姉ちゃん？」

わたしたちの声がそろった。


シャワーを浴びてからリビングに入ると、食卓には夕食のおかずが所狭《ところせま》しと並んでいた。

豚しゃぶの大皿、トマトとレタスときゅうりのサラダが入ったガラスのボウル、なすの煮びたしがたっぷりと盛られた深めのどんぶり鉢《ばち》、それに大量のお刺身がのった平皿も置いてある。かつお、えび、はまち、白っぽいのはあじだろうか。ネギトロといかもある。

母はわたしの遠慮を無視して、父に電話をかけたらしい。

「ごちそうだね」

愛美がさっきの花束を活け直した花瓶《かびん》を持ってきて、テーブルの隅に置いた。食卓がますます華《はな》やかになった。

街のデパートで販売員をしていた愛美は、今日が仕事おさめだったらしい。十月の結婚式までは働くのかと思っていたが、いろいろと準備もあるので、少し早めに辞めることにしたという。

「こないだ話したじゃない」

愛美はため息をついた。

「お姉ちゃんってほんと、あたしの言うこと聞いてないよね」

「あのときは忙しくて」

そういえば先月、愛美から電話がかかってきたのだった。辞めるのは結婚の用意のためと言うわりには、ひまになるから東京に遊びに行ってもいいかと聞かれた。案内とかはできないよ、最近ものすごくたてこんでて、とわたしは釘《くぎ》を刺した。言い訳ではなく、当時は本当に、ものすごくたてこんでいた。その電話も、会社のデスクでパソコンのキーをたたいている最中に受けたのだ。愛美はまだ話したそうにしていたので、またかけ直すからといったん切って、それきりになっていた。

「もう仕事は落ち着いたの？」

「まあね」

「あれ、でもあのとき、これから半年くらいはずっと時間がとれないって言ってなかったっけ？　確か、もうすぐ新商品が出るって」

愛美がいぶかしげにたたみかける。変なところで記憶力がいいのだ。自分にとって大事だったり印象深かったりするできごとは、しっかり覚えている。学校のテストでもそうだったらいいのに、と母はよく残念がり、それは無理だよと本人に笑い飛ばされていた。愛美の頭に刻まれるのは、あくまで大事な情報に限られている。一方わたしは、成績は悪くなかったのに、ときどきこうやって肝心なことを忘れる。

「立派な花だね」

無理やり話題をそらした。めげずに追及されるかとも思ったけれど、愛美はすんなり話に乗った。

「ふふふ。みんなに惜《お》しまれちゃったよ。あたしってば人気者？」

そうだろうな、とわたしも思う。愛美の周りには、昔からひとが集まってくる。年上からかわいがられ、後輩にはなつかれる。

「でもこのお刺身は、あたしの退職祝いじゃなくてお姉ちゃんの里帰り祝いなんだよね？」

愛美が笑みをひっこめて、不服そうに唇をとがらせた。くるくるとよく動く表情も、化粧気のないつるんとした肌も、よくいえば華奢《きゃしゃ》な、悪くいえばおうとつに欠ける体つきも、二十六歳にしては幼い印象を受ける。童顔に加えて、小柄なせいもあるかもしれない。わたしの身長は一七〇センチ近くあるが、愛美はそれより十五センチは低い。体重もかなり軽いだろう。やせているので、ますます小さく見える。

「お父さん、はりきりすぎ。いくらお姉ちゃんが帰ってきてうれしいからって、そんなに気合入れなくていいのにね」

態度だけが、大きい。

「お刺身くらい、愛美だっていつも食べてるでしょ」

わさびのかたまりとおろし金を持って台所から出てきた母が、割って入った。

「生わさびもひさしぶりだね。あたしたちはいっつもチューブだもんね」

「ときどき使ってるじゃない。おおげさなこと言わないの」

「おおげさじゃないよ、事実じゃん。まあ、味は同じようなもんだけど」

「そうねえ、ただ、気分が違うわよね」

味が同じはずはないとか、気分の問題でもないだろうとか、言い返したいのに言葉がうまく出てこない。わたしを置き去りにして、愛美と母の会話はさくさくと進んでいく。

「せっかくひさしぶりに帰ってきたんだから、おいしい魚を食べてもらわないと」

「魚は東京でも食べられるよ。ていうか、お姉ちゃんは毎日もっといいもの食べてるって」

「別に、そうでもないけど」

わたしはやっと口を挟《はさ》んだ。正しくは、いいものとか悪いものとかではなく、違うもの、だろう。新鮮な魚介類も生わさびも、東京に存在しなくはないけれど、近所のスーパーや畑の傍《かたわ》らに建つトタン屋根の無人販売所でひょいと買ってくるわけにはいかない。値段も違う。反面、東京でしか味わえないものもある。素材の鮮度では産地にかなわないとはいえ、料理の味はそれだけで決まるものでもない。たとえば入念に手間がかけられた江戸前寿司、ふっくらあぶって甘辛いたれをたらしたあなごや、きゅっとしまった小鰭《こはだ》の昆《こ》布《ぶ》じめなんかは、地方ではまず食べられない。

はじめて上司に築地《つきじ》の寿司屋に連れていってもらったとき、わたしにはそのおいしさがよくわからなかった。上品で繊細な味わいを堪能《たんのう》するには舌が未熟すぎたし、それ以前に、緊張しすぎてじっくり味わうどころではなかった。白木のカウンターも、その向こうで包丁を操っている職人とのさりげないやりとりも、シャリの小ささも、すべてが物珍しかった。隣にはいかにも常連らしき家族連れがいた。両親の間に座った小学生くらいの女の子が、こともなげにひらめのえんがわを注文しているのを横目に、わたしもがんばらなければと固く決意したものだった。

なにかちょっといいことがあったとき、あるいは落ちこんでしまって元気を出す必要があるとき、わたしはその寿司屋に足を運ぶ。ついこの間も、行ってきたばかりだ。

「おお、うまそうだな」

わたしの後にシャワーを使っていた父も、リビングに入ってきた。テレビをつけ、プロ野球中継にチャンネルを合わせる。騒々《そうぞう》しい声援と応援歌が流れ出す。

テーブルの席順は子どもの頃から変わらない。母が一番台所に近い席につき、その向かいに父、わたしが母の隣、愛美は父の隣に座る。役所勤めの父は、帰りが遅くなることはほとんどなく、夕食はたいてい家族四人でそろって食べた。

「せっかくだし乾杯しよう」

愛美が冷蔵庫から出してきた缶を見て、わたしは思わず声を上げた。

「発泡酒なの？」

「聡美は他のものがいい？」

「おいしいよ」

腰を浮かしかけた母をさえぎって、

と愛美が言った。

「お母さんもちょっと飲む？」

「じゃあ、ひと口だけ」

母が座り直した。愛美がプルタブをひき、まずわたしのグラスに、ついで他の三つにも、金色の液体を順に注《そそ》いでいく。口ぎりぎりまで白い泡が盛りあがる。

「お姉ちゃん、おかえりなさい」

愛美の音頭にあわせ、乾杯した。

グラスの半分ほどを、愛美は一気に飲んでいる。泡がなくなると、炭酸入りのりんごジュースのようにも見える。母いわく、愛美はなかなかの酒豪で、父の晩酌《ばんしゃく》にも時折つきあっているらしい。父よりよほど強いという。外見では変化を感じさせない愛美も、着実に年齢を重ねているのだ。わたしも頭ではわかっているものの、お酒を飲む妹を見るたびに、いちいちびっくりする。グレープフルーツジュースすらすっぱくて飲めないとぐずっていた、あの愛美が。

　わたしもおそるおそるひと口飲んでみて、すぐにグラスを置いた。

「こういう味なんだ」

　苦しまぎれに言った。やっぱり、まずい。見た目はビールそっくりなのに。

「うち、前から飲んでたっけ、発泡酒」

　なんか、と続けそうになったのを、かろうじてのみこんだ。発泡酒を飲むなんて、東京の友達や同僚が知ったらなんて言うだろう。それに、柏木《かしわぎ》は。

　わたしたちは、発泡酒はビールではないとみなしている。あれを飲むくらいなら麦茶でいいかも、そうだね同じ麦だもんね、と近所のバーでギネスのグラスを片手に笑いあっていたのが、今となってはとてつもなく昔に思える。

「一年くらい前かな。最初お父さんはいやがってたけど、あたしがいろいろ試しておいしいのを見つけたの」

「お父さんも愛美も、どうせ酔っぱらっちゃうと味もわかんないでしょ。うちもなにかと物入りだし、節約できるところはしといたほうがいいわ」

「これならビールとそんなに違わないからな。あっさりしてて、かえって飲みやすいよ」

口々に言われて、わたしは頭を抱えたくなった。違わなくない。あっさりしてるんじゃなくて、水っぽいだけだ。

「聡美には、こないだ町内会でもらってきたやつはどうだ」

わたしの内心を察したのか、父が助け舟を出してくれた。

「ほら、祭りの残りの。あれは本物のビールじゃないか？」

本物、とわたしは心の中で繰り返す。柏木のよく使う言葉だ。築地の寿司屋でも、旬《しゅん》だとすすめられたマコガレイの握りをほおばって、やっぱり本物は違うな、と目を細めていた。

「だけど冷えてないよ」

愛美が言った。わたしはあきらめて、縦に振ろうとしていた首を横に振った。

「いいよ、これで」

わあ、とテレビから歓声が上がった。ホームランらしい。バッターが持っていたバットを勢いよく放り、ばんざいしてグラウンドを走り出す。画面の中の観衆も、父も母も、熱心に手をたたきはじめた。

わたしは刺身の皿からえびを取った。殻《から》をむき、ちょんちょんとわさびじょうゆをつけて、口に放りこむ。ねっとりとした甘みが舌の上に広がった。

「おいしい」

自然に声がもれた。えびはわたしの一番の好物だ。これだけは、東京よりもこっちのもののほうが口に合う。子どものときから食べていたせいで、特別な味として刷りこまれてしまっているのだろうか。わたしの味覚も、まだまだだ。

「たくさんあるから、好きなだけ食べなさい」

リモコンをいじっていた父が目尻《めじり》を下げた。

「聡美、ごはんよそってあげようか。海苔《のり》で巻いて食べるの、好きでしょう」

立ちあがった母に、愛美が声をかける。

「あ、あたしにも」

テレビには、野球にかわって天気予報が映し出されている。日本海側に広がっている高気圧の影響で明日も暑くなりそうです。熱中症にご注意下さい。若い女性キャスターが指さしている地図は、当然、見慣れた関東地方のものではない。

ここは東京とは違う。えびを咀嚼《そしやく》しながら、わたしはあたりまえのことを考える。東京にあるものが、ほとんどない。東京にないものが、たまにある。プラスマイナスゼロにはとてもならないけれど、しかたない。首都であり日本の中心である大都市を、こんなひなびた田舎《いなか》町と比べるのが間違っている。

「あたしもちょうだい」

向かいの愛美もえびに箸《はし》を伸ばした。

「え、愛美も食べるの？」

「食べるよ。どうして？」

「こわいって泣いてたじゃない。こっちをにらんでるみたいだって」

むき終えた殻の残骸《ざんがい》に、わたしは目を落とした。もぎとられた頭の先で、つぶらな黒い瞳が無表情にこちらを見上げている。

「それ、いつの話よ？」

愛美が取り分けたえびを素手でつまみあげ、目の前にかざした。見つめあっているつもりらしい。

「お姉ちゃん、前に帰ってきたときも同じこと言ってたよね。やっぱりあたしの話を全然聞いてない。ほんと冷たい。たまにしか帰ってこないのに、もうちょっと気持ちをこめて会話しようよ」

恨《うら》めしげに抗議する。特にここ数年、わたしは仕事を理由にほとんど帰省していなかった。お盆も年末年始も東京で過ごし、実家に顔を出すのは地元の友達の結婚式に出るときくらい、それもせいぜい一泊だった。

「今回はいつまでいるの？」

「まだわかんないんだけど」

反射的に答えてしまった。愛美だけでなく、父も箸を持つ手をとめた。わたしは急いで言い直した。

「まだ決めてないんだけど」

「決めてないって？　どういうこと？」

愛美が不審げに繰り返した。父がテレビの音量を少し下げた。

「でも、仕事は？」

「長めに休めることになったから。一週間でも、二週間でも」

「二週間？」

愛美が目をみはった。わたしは想定問答集を頭の中に広げ直す。

「そんなに休んで大丈夫なの？」

それはこっちが聞きたい。と正直に答えるのは、不正解だ。

「うん。プロジェクトが一段落したから」

うそじゃない。厳密にいえば、区切りを迎えたのはプロジェクトそのものではなく、そこでわたしが担《にな》っていた仕事なのだが、そこまで伝える必要はない。

「これまで休んでなかった分、きっちり休むようにって会社からも言われちゃって」

これも、うそじゃない。部長も課長も、同じことを言っていた。今までずっと休みなしに働いてきたんだし、ひと月くらいゆっくりしなさい、と。

「最近、残業減らせとか有休ちゃんと取れとか、いろいろうるさいんだよ」

労働時間の適正化は、だいぶ前から社内で謳《うた》われている。ただし部門によって取り組みには差があって、わが商品企画部では誰もまともに取りあってはいなかった。そんなにのんびり働いていたら、仕事が回らない。

「ふうん」

愛美が首をかしげた。納得したのか、まだ疑っているのか、微妙なところだ。

「いい会社じゃないの。せっかくだから、のんびりしたらいいわ」

母が色違いのごはん茶碗を両手に持って、台所から戻ってきた。

「そうだな。ゆっくりしたらいい」

テレビから目を離さずに、父も言った。画面の中で、年輩のアナウンサーが沈痛なおももちで為替《かわせ》市場の動向を報じている。

食事を終えて、二階の和室に上がった。日頃は仏間として使われていて、そこはかとなく線香くさく、大きな仏壇が鎮座しているのも落ち着かないけれど、文句は言えない。

重たくなったおなかをさすりつつ、母がすでにしいてくれていたふとんの上に足を投げ出して座り、タオル地のショートパンツのポケットから携帯電話を出した。着信音がしなかったのでわかってはいたものの、電話もメールもメッセージも、なにも入っていない。念のため留守番電話も確認する。新しい伝言は、ゼロ、件です、と無機質な声にとどめを刺された。

電話を放り出して立ちあがり、窓を開けてみた。弱い風が吹きこんでくる。風通しがいいせいか、日が暮れてしまうと東京よりずいぶん涼しい。網戸《あみど》越しに、かしましい虫の声が聞こえる。裏の田んぼでかえるも狂ったように鳴いている。

それから部屋の中でも、妙な音がしている。

気づいたのとほぼ同時に、わたしは四つん這《ば》いになって、さっきふとんの上に放った電話に飛びついた。

「もしもし？」

柏木の低い声を聞いたとたんに、目頭が熱くなった。とっさに鼻をつまむ。われながら妙な癖《くせ》だと思うが、涙が出そうになったときにはこれが効《き》くのだ。

泣くわけにはいかない。電話口でめそめそしたら、柏木にきっとがっかりされる。

「無事に着いたよ」

なるべく楽しげな声を出した。

「よかった。歓迎してもらえた？」

「うん、大歓迎。家族みんなで夕ごはん食べた。親がお刺身を山ほど買ってきてくれて」

声の調節が難しい。暗く聞こえてはいけないけれど、はしゃぎすぎているのもおかしい。

「そっか。いいな、魚」

「今、帰り？　ごはんはまだなの？」

「うん、さっき会社を出たところ。今は駅まで歩いてる途中」

返事に重なって、車のエンジン音が聞こえた。ちゃらちゃらと安っぽい流行歌と、居酒屋のしつこい呼びこみも。目を閉じてみる。ごみごみしたセンター街の雑踏が、まぶたの裏に広がった。

「ほんとだ、聞こえる」

「うるさい？」

「ううん」

なつかしい。本音がこぼれ落ちそうになって、あわてて口をつぐんだ。沈黙を埋めるように柏木が言う。

「そっちは静かだな、さすがに」

わたしは目を開けて、外の暗闇を眺《なが》めた。電話を押しあてているのと反対の耳には、虫とかえるの鳴き声がひっきりなしに届いている。田舎の夜が静まり返っていると考えるのは、都会育ちの人間だけだろう。

「まあね」

網戸を薄く開き、黒い空を見上げる。うんざりするくらいたくさんの星が、夜空にびっしりと貼りついている。

「状況が変わったら、すぐに知らせるから」

柏木が口調をあらためた。わたしはまた鼻をつまんだ。

「安心して、ゆっくり休んで」

「うん。ありがとう」

ふと、背後に視線を感じた。振り向くと、愛美が目を輝かせ、ふすまの向こうからこちらをのぞきこんでいた。


ずかずかと部屋にあがりこんできた愛美は、ふとんにぺたりと腰を下ろした。

「ごめんね、おじゃましちゃった？」

言葉とはうらはらに、まったく申し訳なさそうではない。

「彼氏？　会社のひとなんだよね？」

うきうきと続ける。風呂あがりで頰《ほお》が上気し、湿《しめ》った髪が頭にぺたんとはりついている。質問に答えるかわりに、わたしは言ってみた。

「ドライヤーかけないの」

「いい。めんどくさい」

愛美が首を振る。ゴムでひとつにくくった前髪が、虫の触角みたいにぴょんぴょんはねる。

「その青いペンダントもかわいいよね」

愛美がにやにやして話を戻した。

「ごはんのときから思ってたんだけど。プレゼントでしょ？　肌身離さずつけてるんだ？」

単純なように見えて、こういうところだけは鋭《するど》い。柏木から贈られたサファイヤのペンダントは、なんだかおまもりのように思えてはずす気になれないのだった。そんなことを愛美に打ち明けるつもりはないし、義理もないが。

「相変わらず秘密主義だね、お姉ちゃんは」

黙っているわたしに向かって、愛美は不満そうに顔をしかめたものの、わりとあっさりひきさがった。むだだとわかっているからだろう。秘密主義でももったいぶっているわけでもない、ただ、わたしは愛美とは違うのだ。昔から、うれしかったことも悲しかったことも、なんでもかんでも家族に報告したがる愛美とは。

両親はともかく、特に愛美は、真剣に話をする相手としてはあまりに幼かった。わたしが中学生のとき、愛美は小学生だった。高校生のときには、中学生だった。成長するというのが階段を上っていくようなものだとしたら、三つ違いのわたしたちは、常に違う段に立っていた。

「そうだお姉ちゃん、パジャマは？　なんか貸してあげようか？」

愛美の赤いギンガムチェックの半袖パジャマは、ぶかぶかでなんだか子どもじみている。開いた襟《えり》もとから細い首筋がのぞいている。

「いいよ、これで寝るから」

着ている長めのTシャツを、わたしはひっぱってみせた。

「ええっ、それ？　もったいなくない？」

愛美がのけぞる。また触角が揺れる。

「別に。安物だし」

去年、夏の終わりにセールで買ったものだ。黒地に白いロゴの入ったシンプルなデザインなので、長く着られそうだと思った。今年も一度だけ職場に着ていった。ああこれって去年のやつですよね、あたしも色違いで持ってます、と後輩にしれっと言ってのけられ、部屋着になった。

「やっぱ東京のひとは違うな、おしゃれだなあ」

からかっているのか感心しているのか定かでない調子で、愛美が言った。

おとなになった今、三歳の差などたいしたものではないはずなのに、やっぱりわたししたち姉妹は別々の段に立っているように思える。高さが違えば、当然そこからの眺めも違う。いや、高さの問題でもないのだろう。どっちが上でどっちが下ということでもなく、そもそもわたしたちの前には、それぞれ違う種類の階段が延びていたのだろう。愛美とわたしは違いすぎる。性格も、ものの考えかたも、好みも、なにもかも。

「ねえ、お姉ちゃん」

不意に、愛美が身を乗り出した。わたしは逆に上体をひいた。

「うそついてるでしょ」

おもむろに言われ、ぎょっとした。答えを考える時間かせぎのためだけに、聞き返す。

「うそって、なにが?」

「仕事が片づいたからのんびりしようって、それはないよ。お姉ちゃんなのに」

「なによそれ」

笑い飛ばそうとした。うまくいかなかった。

「隠さなくていいってば。お父さんとお母さんには黙っててあげるから、あたしにだけ教えてよ。相談に乗るよ」

愛美がもどかしげににじり寄ってくる。黙っててあげる、とえらそうに言われても、食事どきの反応からして、どうも両親にもあやしまれているような気がわたしにはする。

「なんかやなことあったんでしょ、会社で?」

わたしは再び息をのんだ。

「やなことって？」

「やりたくない仕事押しつけられたとか、上司が無理なことふっかけてきたとか。それで会社に行きたくないんでしょ？　ほら、なんだっけ、ボイコットっていうやつ？」

一息にまくしたてられた。

「まさか」

ありったけの力を振りしぼり、笑顔を作る。少なくとも「ボイコット」では、ない。

「え、違うの？」

愛美が眉《まゆ》を寄せた。

「違う、違う。ちゃんと上司の許可も取ってるんだから。さっきも言ったでしょ。休むように、会社がすすめてくれたの」

二度目なので、さっきよりもなめらかに説明できた。愛美がぱたんと仰向けにふとんの上に倒れこむ。

「なあんだ、てっきりもめてるのかと思ったよ。そんなに長く休めるもんなの？」

「これまでほとんど有休も使ってなかったし、逆に、土日に働いた分の代休もたまってるからね。ひと月くらいは余裕でいけちゃう」

「ひと月かあ。いいねさすが大企業」

「まあ、そこまでは休まないと思うけど」

はっとして訂正した。ひと月は、ない。そう祈りたい。

「でも、それならなんでうちに帰ってきたの？　せっかく長い休みがとれたんだったら、旅行にでも行けばよかったのに」

愛美は首をかしげている。わたしは気をひきしめ直し、注意深く答えた。

「急だったから。直前まで忙しくて、いろいろ準備したり調べたりする時間もなくて」

「そうなんだ？　なら、東京にいてもよかったんじゃない？　あたしも遊びに行けたのに」

愛美が悔しそうに言う。

「でもうち、すごく狭いよ。予備のふとんもないし、鍵もひとつしかないし。ふたりっていうのはちょっと……」

わたしは途中で口ごもった。愛美がわたしをじっと見ていたのだ。目がきらきらしている。

「とりかえっこしない？」

と、愛美が言った。

「お姉ちゃんがこっちにいる間、あたしに部屋を使わせてよ。お姉ちゃんはあたしの部屋を使っていいから。ね？」

考えるまでもなく、断った。でも愛美はくじけなかった。

「どうして？　なにがだめなの？」

「だめっていうか、無理。自分の部屋に他人が勝手に入るなんて無理。愛美もいやでしよ？」

「そんなことないよ。あたしは平気だよ。しかも他人じゃないし。たったふたりの姉妹なのに、そんな冷たい言いかたしなくても」

涙目で訴える。

「そういう意味じゃないよ」

わたしはしかたなく口調を和《やわ》らげた。子どもの頃から、愛美は泣き落としが得意だ。

「でもね、いくら家族でもプライバシーは必要だと思う。少なくとも、わたしには必要」

愛美はしばらくうつむいていたが、ぽつりと違うことを言った。

「あたし、ほとんど地元から出たことないじゃない？」

「そうだね」

わたしは愛美の顔色をうかがった。わたしは十八で家を出たけれど、愛美は二十六年間もずっとこのうちに住み続けている。

「不満があったわけじゃないんだよ。公太《こうた》もいるし、お父さんとお母さんも喜ぶし、それでいいやって思ってたんだけど」

「愛美がわたしのかわりに親孝行してくれて、ありがたいと思ってるよ。感謝してる」

いたたまれなくなってきて、さえぎった。

愛美が商業高校を出て就職するとき、実家を離れてみたらどうかとわたしはけっこう本気ですすめた。この小さな町で生まれ育ち、外の世界を知らず、それでも満足そうに暮らしている妹が不憫《ふびん》だったのだ。愛美は笑って取りあわなかった。車で通えば一時間もかからないし、わざわざひとり暮らしするなんてお金ももったいないよ。お母さんたちもさびしがるでしょ。

「だけど最近、独身のうちにしかできないこともやっておきたい気がしてきて」

愛美は神妙に続ける。

「海外旅行とかも考えたんだけど、大変そうだし。それなら、少しでもいいから東京で暮らしてみたい。結婚したらなかなかひとりで出歩けなくなりそうなんだよね。公太、ものすごく心配性だから」

もうすぐ義弟となる公太は、すぐ近所にある工務店の長男である。家族ぐるみで交流があったので、わたしも子どものときから知っている。いわゆる田舎の体育会系少年がそのまま青年になった感じで、素直で素朴《そぼく》といえば聞こえはいいが、要は単純で田舎くさい。愛美をとにかく溺愛《できあい》しているから、確かにうるさそうだ。

「でも、結婚の準備だっていろいろあるんじゃないの？」

「会場やドレスはもう決まってるし、新居もだいたい目星はついてるし、大丈夫だよ」

　愛美がわたしの目をのぞきこんだ。

「ねえ、お願い。お姉ちゃんがこっちにいる間だけでいい。長くてもひと月なんでしょ。お姉ちゃんが東京に帰るときは、すぐに出ていくから」

　わたしがしぶしぶうなずくと、愛美はぱっと笑顔になった。

　その後の愛美の行動はすばやかった。土日で荷造りと公太の説得をすませ、今朝早くに家を出ていった。母も巻きこんで忘れものだのなんだのとひとしきり大騒ぎしてから、迎えにきた公太の軽トラックで最寄り駅へ向かった。公太を説《と》きふせるのは大変だったとぼやいていたが、ちゃっかり言いくるめたようだ。

「なんだかんだで、公太はあたしに甘いんだよね」

　愛美はしゃあしゃあと言っていた。その前日には、結婚したら自由がきかなくなるとしおらしくつぶやいていたくせに。

　公太だけではない。基本的に、誰もかれもが愛美に甘い。うちの親も、向こうの両親や弟たちも。愛美にはそういう才能がある。かわいがられ、愛される才能。得な性分としかいいようがない。

わたしにも愛美みたいに愛嬌《あいきょう》があれば、こんなことにはならなかったんだろうか。

「お姉ちゃん、本当にありがとう」

家を出るとき、愛美は両手でわたしの手を包み、にこにこして言った。あの子は本当に、ありがとうという言葉の発音がうまい。口癖でもあり、魔法の呪文でもあるのだ。先に感謝されてしまったら、文句も言えなくなる。ああやって世の中を渡っていければ楽だろうな、といつも思う。

「お姉ちゃんも夏休みを楽しんでね」

そろそろ愛美は東京に着く頃だろうか。

リビングの壁かけ時計を見上げて、わたしはぼんやりと考える。網戸の向こうから、夏草の香りを含んだ風が吹いてくる。蟬が必死に鳴いている。

*

東京駅は、殺人的に混んでいる。人間の数だけじゃない。ゆきかう人々のせっぱつまった形相《ぎょうそう》からも、殺気を感じる。

人波に流されてエスカレーターを下り、どちらの方向に進むべきかわからずに足をとめたとたん、押し寄せる人々に轢《ひ》かれそうになった。あたしはボストンバッグを胸の前に抱えて、よろよろと柱の陰に避難した。もしやこれが悪名高いラッシュというやつか。でもまだ昼前だ。お盆の帰省にも早い。それでこの混雑では、帰宅時間の惨状は想像したくもない。

東京には、これまで三度来たことがある。一回目は高校の修学旅行で、あとの二回はディズニーランドだ。所在地が千葉県だから東京じゃないとお姉ちゃんは古典的な主張をするけれど、少なくともあたしたちの地元では、誰もそう厳密には区別していない。ただし、夜行バスの直行便を使い、滞在中もべったり中で過ごして都内には一歩も足を踏み入れなかったから、東京に来たとは確かにいえないかもしれない。修学旅行でも観光名所をさらっと回っただけだった。

あたしにとっての東京は、だから半分がお姉ちゃんの話、あとの半分はテレビの情報でできあがっている。しかし当然ながら、話を聞いたり画面で眺めたりするのと実際に体験するのでは、まったく違う。

ざわめきと足音が充満する狭い通路を、しばし呆然と眺める。こんなにひとがたくさんいるのに、誰もあたしのことを知らない。あたしも、誰のことも知らない。

息をととのえ、左手の薬指にはめた指輪にふれた。地元を出る直前に公太がくれたのだ。

「手、出して」

駅のホームで電車を待ちながら、ぶっきらぼうに言われた。まず面食《めんく》らい、それからうれしくなって、あたしは手のひらを差し出した。

「なに、お餞別《せんべつ》?」

「目もつぶって」

公太が相変わらずそっけなく言った。もったいぶっちゃって、と茶化したくなるのをこらえ、あたしはおとなしくまぶたを閉じた。せっかくだから仲直りしておきたかった。ひとりで東京に行くなんて危なすぎる、と公太はさんざん反対していた。なだめすかされ、思いとどまるように懇願《こんがん》されればされるほど、あたしの決意は固くなった。結婚前からこの調子では先が思いやられる。

公太がそっとあたしの手をとり、甲を上にしてひっくり返した。なんだ、なにかくれるんじゃなかったんだ、とがっかりした次の瞬間に、冷たい金属の感触が薬指を這《は》った。あたしは目を開けて左手を見た。細い金の指輪がはまっていた。小さな小さな赤い石が、中央に埋めこまれている。

指輪には見覚えがあった。半月ほど前に、あたしの誕生日プレゼントの候補になっていたのだ。本物のルビーと聞いておじけづいたが、豆粒ほどの大きさなので、絶対に手の届かない値段というわけでもなかった。節約のために省略することにした婚約指輪のかわりに、とも公太は言ってくれた。でもやっぱりもったいなくて、結局やめた。かわりに圧力鍋《なべ》を買ってもらった。新居でも使えて実用的だ。

「餞別っていうか、おまもり」

公太がもごもごと言った。確か、店でもそんなふうにすすめられた。誕生石は、それを身につけた持ち主を守るという。

もう一度ルビーをなでてから、覚悟を決めて歩き出す。迷路みたいな通路を過ぎ、エスカレーターや階段を上ったり下りたりして、地下鉄に乗り換えた。

長い階段の途中で、下のホームにちょうど電車がすべりこんでくるのが見えた。走ろうにも、降りてきた乗客がじゃまで進めない。

ようやくホームにはたどり着いたけれど、目の前でドアが閉まった。異様に長い電車が、するすると暗いトンネルへと吸いこまれていく。陽のささないホームも、トンネルを照らし出す蛍光灯も、あたしには見慣れない。働きはじめてから、どこへ行くにも車を使うようになったので、電車そのものすらちょっとなつかしい。高校のときには、よくこんなふうに乗りそこねたものだった。一本逃すと一時間待つはめになる。お母さんに泣きついて、車で送ってもらうしかない。電車通学をはじめたのがお姉ちゃんの上京した後でよかった。

さすがに東京で一時間待ちはないだろうと思ったが、二、三分で次がやってきて驚いた。ついさっき空っぽになったばかりのホームは早くも混みあい、あたしの後ろにも列ができている。ドアに手を伸ばしたら、なんの前ぶれもなく勝手に開き、あせってひっこめた。手動ではないのだ。降りてきた乗客が、けげんそうにあたしを一瞥《いちべつ》した。

五駅目で、今度は私鉄に乗り換えた。これで最後だとほっとしながら自動改札へ足を踏み入れると、けたたましい音を立てて乱暴にしきりが閉まった。

後ろから舌打ちが聞こえてくる。泣きそうになる。あたしはぎゅっと鼻をつまんで、改札を離れた。すれ違う人々の視線は気にしない。こうすれば涙が止まるのだ。ただ個人差があるらしく、あたしに負けないくらいよく泣く公太にも教えてあげたのに、効かないという。

「料金不足ですね」

切符を見た駅員さんは、申し訳なさそうに言った。あんなに注意していたのに信じられない。あたしが首をひねっていたら、よく似た名前で別の駅があるのだと路線図まで広げて丁寧《ていねい》に説明してくれた。東京の人間は冷たいと地元ではもっぱらの評判だが、ちゃんと親切なひともいるのだ。足りない分を払い、ついでに乗り換えの道順も教えてもらう。

「ありがとうございました」

最大限の笑顔で、丁重にお礼を言った。また愛想を振りまいて、とお姉ちゃんにはいやな顔をされそうだけれども、誰かに助けてもらったときは、多少おおげさに感じよくふるまうくらいでちょうどいいとあたしは常々思っている。にこにこしていれば、たいていのことはうまく回っていく。

私鉄の駅で電車を降りて、今度は問題なく改札をくぐった。駅前にはこぢんまりとした商店街が延びている。

普通の八百屋もドラッグストアも、どこかおしゃれに見える。オープンカフェが道端《みちばた》にテーブルを出している。つばの広い麦わら帽子をかぶり大きなサングラスをかけた、モデルみたいな女のひとが、パラソルの下でけだるげにお茶を飲んでいる。足もとに、フリルのついた服を着たおもちゃみたいな白い小型犬がうずくまっていた。写真を撮ればそのまま雑誌の一ページにでも使えそうだ。

いかにもお姉ちゃんが好きそうな町だ、と思う。上品で、さりげなく洗練されていて、でもうるさすぎない。

商店街を過ぎ、だだっ広い幹線道路に出た。照りつける陽ざしを避けて、できるだけ高い建物の影を選んで歩く。気温は地元とそんなに変わらないはずなのに、風がないせいか、ねばっこい熱気が肌にまとわりつく。あたしは額《ひたい》の汗を手の甲で拭《ぬぐ》い、お姉ちゃんから聞いてきた道順のメモを開いた。

コンビニが目印だ。歩道橋を渡り終えたところに、一軒目を見つけた。その横の路地に入って住宅街をしばらく進み、同じチェーンの別店が建っている三叉路《さんさろ》で左折する。正面のつきあたりにある三軒目の前を、今度は右に曲がって、再び広い道に出た。横断歩道を挟んでふたつの店舗が向かいあっている。こんなにいっぱいあって、よくつぶれずにやっていけるものだ。やっぱり東京はすごい。

感心しつつ一本奥の筋に入ると、さらに六軒目が見えた。二階から上がマンションになっていて、いくつかのベランダで洗濯ものが揺れている。自然に足が速まった。五階の五〇一号室が、お姉ちゃんの部屋だ。

コンビニの入口と反対側にある共同玄関を抜けて、エレベーターに乗りこんだ。窓のない小さな箱の中で、体が上へと運ばれていくのを感じる。息を詰め、扉が開くのを待つ。狭いところは苦手なのだ。

閉所恐怖症は田舎者の病気だとお姉ちゃんはばかにする。周りに空間があり余っている地方の人間は、狭い場所では不安にかられるのだという。自分はもう完全に克服したらしい。お姉ちゃんは克服という言葉が好きだ。それから、成長とか、達成とかも。

五〇一号室は、エレベーターを降りて廊下をまっすぐ進んだ一番奥だった。ドアの前に立ち、借りてきた鍵をボストンバッグのポケットから出す。トーストを焼いているような香ばしいにおいがどこからか漂ってくる。掃除機らしき音もかすかに聞こえる。会社員なら働いている時間のはずだけれど、単身者向けのワンルームマンションらしいから、学生も住んでいるのかもしれない。

ドアを開けると、目隠しのためだろう、正面に布ののれんがかけてあった。のれんといっても実家のそれのように純和風のものではない。北欧のテキスタイルふうの、木の葉を模した幾何学《きかがく》模様が入った薄い布が二枚、腰の高さあたりまでたれさがっている。

そのまま奥へ入ろうとして、足がとまった。

掃除機の音がだしぬけに大きくなったことに、気づいたのだ。おまけに、玄関にはよく磨《みが》きこまれた革靴がきちんとそろえて置いてある。どう見ても男物だった。

部屋を間違えたかというのが、最初に思いついたことだった。でも、鍵はちゃんと開いた。マンションだと、どの部屋も同じ鍵を使えるとか？　いや、それはありえない。もしや、泥棒？　いやいや、泥棒はどう考えても部屋の掃除はしない。

のれんがふわりと揺れた。その向こうから、掃除機の先がぬっと現れた。


お姉ちゃんの部屋は整然と片づいていた。

長方形のワンルームは、全部で十二畳ほどあるだろうか。向かって右の三畳分ほどがキッチン、カウンターを隔ててこちら側がリビング兼寝室になっていた。正面のガラス戸がベランダに面していて、レースのカーテン越しに陽ざしがさしこんでいる。その手前にシングルベッドが置いてある。紺色のカバーで覆《おお》われ、入口ののれんと同じような柄のクッションがふたつのっていて、ソファのようにも見える。キッチンと反対側にあたる、左の壁は一面クローゼットで、一番端のひとつだけかたちが違うドアが洗面所につながっていた。奥にトイレとお風呂場もひと続きになっている。

広さも家具も違うのに、実家に住んでいた頃のお姉ちゃんの部屋をなぜか連想した。クローゼットではなく押入れだったし、お母さんたちの選んだ家具はださいとお姉ちゃんはしきりにぼやいていたけれど、住む人間が同じだとやっぱり似てくるのだろうか。あたしが部屋に入るたびに、お姉ちゃんは決まって不愉快そうに眉をひそめ、追い出しにかかったものだ。今だって、もしここにいたら、同じ顔をするだろう。

あたしが洗面所で手を洗って出てきたら、柏木さんはこちらに背を向け、キッチンでコーヒーを淹《い》れてくれていた。コーヒーメーカーがこぽこぽとのどかな音を立てている。お店みたいだ。実家のコーヒーは、インスタントの粉にお湯を注ぐだけでできあがる。

カウンターの手前に白木の小さなテーブルと椅子《いす》が置かれているが、ふたりで向かいあうのも気詰《きづ》まりなので、あたしはベッドに腰かけてみた。向かいの壁際に、テレビののった低い棚が据《す》えられ、すぐ横に全身の映る縦長の鏡が立てかけられている。困惑顔の自分と、目が合った。

「お待たせ」

コーヒーを注いだマグカップを両手に持って、柏木さんがキッチンから出てきた。背は公太よりも少し高いくらいだろうか。実家の周りでは冠婚葬祭のときしか見かけないような黒いスーツを、ぴしりと着こなしている。飛びぬけて美男というわけではないものの、顔だちはなかなかととのっている。

「ありがとうございます」

あたしは湯気をたてているカップを両手で受けとった。

「口に合うといいんだけど」

柏木さんが微笑《ほほえ》んで、あたしの隣にすとんと座った。ベッドがわずかに沈む。

あたしはどきどきして、反対側に体をずらした。いきなり距離が近い。この状況をお姉ちゃんが見たら、眉をひそめるどころではすまないかもしれない。なるべく他人には立ち入ってほしくない自分の部屋で、妹と恋人がふたり仲よくベッドに腰かけ、コーヒーを飲んでいるのだ。

「どうぞ、召しあがれ」

柏木さんが言った。あたしは気を取り直し、カップに口をつけた。

ひと口すすって、吐き出しそうになった。濃い。それに苦い。水か豆、どちらかの分量を間違えているんじゃないか。しかし柏木さんは平然として、それどころかさも満足そうに、飲んでいる。

「おいしいです」

うそをつくしかなかった。しかも熱すぎる。汗だくで歩いてきて、できれば冷たいものが飲みたいのに。

「よかった。びっくりさせたおわびに。っていっても、聡美のコーヒーだけど」

柏木さんはさわやかに白い歯を見せた。

「こっちこそ、すみません。お姉ちゃんにはなんにも聞いてなくて」

なんにも聞いていなかった。柏木さんの名前も、二年前に知りあって、その半年後からつきあいはじめたことも。お姉ちゃんが新卒から働いている会社に、柏木さんが転職してきたのだという。同僚どうしだということだけはかろうじて聞き出せていたけれど、隣の部署だとも知らなかった。

柏木さんのほうは、あたしの名前を知っていた。お姉ちゃんより三つ年下で実家に住んでいることも、デパートに勤めていたことも、もうすぐ結婚をひかえていることも。けっこう詳《くわ》しく話しているようで、少し意外だった。あたしが東京に来ているというのは聞いていなかったらしいが、さすがに昨日の今日では無理もない。

意外といえば、お姉ちゃんが柏木さんに合鍵を渡していたのにも驚いた。実の妹からの頼みにすらあんなに難色を示していたのに、恋人とはいえ他人が留守宅に入るなんて、絶対にいやだろう。ましてや、掃除なんて。お姉ちゃんは中学の頃から、お母さんを自室に入れたくなくて、自分で掃除機をかけていたのだ。

柏木さんが鍵をほしがったんだろうか？　それとも自発的に渡したんだろうか？　いざというときのため？　愛情のしるしとして？　考えをめぐらせているあたしに、

「だけど偶然だな」

と柏木さんは屈託《くったく》なく言った。

「僕もそんなに頻繁《ひんぱん》に来てるわけじゃないから」

「そうなんですか？」

頻繁に来ないひとが、わざわざ掃除機なんかかけるものだろうか。われながら疑わしげな声を出してしまった気がして、言い添える。

「でも、あの、コーヒーとか。すごく慣れてるみたいでしたよね」

「なかなか鋭いな。さすが聡美の妹だ」

柏木さんはにこやかに応じた。

「実は、僕も同じ機械を持ってるんだ。使い勝手がいいから聡美にもすすめたんだよ」

「そうなんですか」

なんとなく腑《ふ》に落ちないまま、あたしは言った。コーヒーメーカーの話がうそだとは思わない。ただ、日頃からよく通っているわけでもないのに、お姉ちゃんの留守にあえて来ている理由にはならない。まさか実家にいるのを知らないわけではないだろう。電話で喋《しゃべ》っているのも聞いた。めったに聞けない優しげな声は、明らかに恋人用だった。万が一、相手が柏木さんじゃなければ話はまた別だけれど、お姉ちゃんがふたまたをかけているとも思えない。積極的に見えて、案外一途《いちず》なのだ。

疑問は、表情に出てしまっていたのかもしれない。柏木さんはあたしの顔を見て、口を開いた。

「水をやろうと思ってね。ほら、それ」

テレビ棚のそばに置かれた、観葉植物の鉢を指さす。丈《たけ》はちょうどテレビのてっぺんに届くくらいで、ひょろりと長い茎がいくつか枝分かれした先に、ハート形をした厚めの葉がたくさんついている。

「枯れちゃったらかわいそうだから。さっき水をやったらだいぶ持ち直したんだけど、もう一息かな」

言われてみれば、下のほうの葉が何枚かだらりと垂《た》れている。柏木さんが立ちあがったので、あたしもあわてて腰を浮かしかけた。

「あたし、やりましょうか？」

「いいよいいよ、座ってて」

柏木さんはあたしを制し、さっさとキッチンに向かった。ガラスのコップに水をついで戻ってきて、植木鉢の傍らに膝《ひざ》をつく。

丁寧に水を注いでいる柏木さんの横顔を、あたしはぼんやりと眺めた。不思議なひとだ。礼儀正しく、ひとあたりもやわらかいのに、話しているとどうにもかみあわないというか、居心地悪くなってくる。こういう感じの知りあいが周りにいないからだろうか。それとも単に相性の問題なのか。

　コップが空になってしまうと、柏木さんはおもむろにティッシュペーパーに手を伸ばした。水がこぼれたのかと思ったら、違った。葉を一枚ずつ拭っている。よっぽど植物への愛情が深いのか、かなりのきれい好きなのか、それも通り越して潔癖症というべきか。理由はなんであれ、真顔で黙々と手を動かしている姿はちょっとこわい。

　沈黙も気まずくなってきて、あたしはそろそろと部屋を見回してみた。テーブルの下に黒い大きなかばんが置いてあるのが目に入る。

「これからお仕事ですか？」

「いや、家に帰るところ。ちょっと韓国に出張で」

　柏木さんは鉢植えから目を離さずに答えた。

「明日までの予定だったんだけど、一日早く帰ってこられたから、せっかくだし寄ってみた」

「海外出張って、すごいですね」

「聡美もたまに行ってるよ」

　柏木さんがようやく手をとめ、あたしを振り向いた。

「聡美とは、あんまり話さない？」

「仲は悪くないですけど。お姉ちゃんはあんまり実家に帰ってこないので」

言い訳めいた口調になってしまった。

「忙しそうだから、連絡するのも悪い気がして」

「そうか」

柏木さんがひとりごとのようにつぶやいた。

「じゃあ、今回は家族とのんびりできて、ちょうどよかったのかもな」

あたしは返事に困った。この三日間の様子を見た分では、お姉ちゃんがのんびりできているかはそうとう疑わしい。

お姉ちゃんは、なんでいきなり帰ってきたんだろう。休みが取れたからといって地元に戻ってこようと思いたつなんて、まったくお姉ちゃんらしくない。あたしの知る限り、お姉ちゃんは、お姉ちゃんらしくないことを絶対にしないのに。

「あの」

ふと思いついて、口を開いた。柏木さんなら知っているかもしれない。お姉ちゃんがなんで帰ってきたのか。どうして東京に戻る日すら決めていないのか。そして、なぜあんなふうに暗い顔でため息ばかりついているのか。

「お姉ちゃんが帰ってきたのって」

どうしてなんですか、とあたしが続けるより一瞬早く、柏木さんが言った。

「ごめん、電話だ」

片手を顔の前にかかげ、反対の手で胸ポケットからすばやく携帯電話を出して耳にあてる。かまわないというしるしに、あたしは軽くうなずいてみせた。

「はい。いや、さっき東京に戻ってきたところです。え？　今から？」

眉間《みけん》にしわが寄っている。

「そうですか、わかりました。いえ大丈夫です。いえいえいえ。じゃあ後ほど。はい、失礼します」

早口で通話を終えると、柏木さんはあたしのほうに向き直った。

「ごめん。やっぱり会社に行かなきゃいけなくなった」

説明しつつ、もう立ちあがりかけている。緊急の用事らしい。話の続きをしているひまはなさそうだ。

がっかりしているあたしに、しかし柏木さんは言った。

「東京にはしばらくいるの？　よかったら食事でもしようよ」

「ほんとですか？　ありがとうございます」

即答した。それならゆっくり話せる。お姉ちゃんの性格からして、柏木さんにもすべてを打ち明けているとは限らないが、合鍵を渡していたくらいだからそれなりに期待はできそうだ。手がかりは見つかるかもしれない。

「じゃあ、近いうちに」

連絡先を交換しながら、お姉ちゃんはいやがるだろうな、とちらりと思う。でも、あたしはお姉ちゃんのことを本当に心配しているのだ。もちろん好奇心もちょっとはあるけれど、それだけじゃない。決して。

そもそも、柏木さんと会うことそのものは、そんなにうれしくない。むしろ気が重い。こういうひと――そつがないというか、なにを考えているのかわかりづらいというか――はどうも苦手だ。神経質そうなところも合わない気がするし、恋人の留守にあがりこんで掃除機をかけている時点で意味不明すぎる。

それでもあたしは、お姉ちゃんのためにがんばろうとしているのだ。迷惑がられる筋あいはない。これっぽっちもない。

「はい。ぜひ、近いうちに」

あたしは柏木さんに向かって、明るい笑顔を作ってみせた。

＊

さっきからくしゃみが止まらない。

もしや東京で誰かに噂《うわさ》されているのではないかと不安になって、すぐに打ち消した。ただの埃《ほこり》だ。

ベッドに浅く腰かけて、あらためて部屋を見回してみる。安っぽいピンクの容器に入った化粧品、アジアふうのうるさい彩色がほどこされた雑貨、無秩序に散らばっているちゃちな文房具。荷造りするときにあれこれ迷ったらしく、ベッドの上にTシャツやスカートが山になり、床にはカラフルな表紙の雑誌や漫画本が散乱している。この状況で、「とりかえっこ」しようなどとよく言えたものだ。腹が立つというより感心してしまう。あんまり片づいてなくてごめん、と言われてはいたが、これほどとは思わなかった。これは、「あんまり」じゃない。全然まったく片づいていない。そういえば子どもの頃から、愛美には片づけの能力が欠けていた。意欲も、技術も、センスも。

これなら仏間を使い続けたほうがまだ快適だったかもしれない。やや後悔しかけたものの、思い直して立ちあがった。どうせ時間はあり余っている。

散らばっている雑誌の大半は、結婚情報誌だった。どの表紙でも、純白のドレスに身を包んだモデルが、ベールをかぶりブーケを胸に抱いて不敵に笑っている。十冊近くを壁際に重ね終え、腰をさすった。一冊一冊がばかに重いのは中身――花嫁たちの希望と執念――のせいだろうか、と非科学的な考えが頭をよぎる。この手の雑誌で、式場や予算やドレスだけでなく、片づけというテーマも特集してみたらどうだろう。

うちはちゃんと片づいているだろうか。

積みあげた雑誌のてっぺんに腰を下ろし、最後に見た部屋の様子を思い出そうと試みる。たった三日前のことなのに、すでに記憶はあやふやにかすんでいる。柏木も合鍵は持っているけれど、まず使う機会はないだろうから、あまり心配していなかった。ざっと片づけてはきたつもりだが、甘いところもあるかもしれない。

でも、くどくど思いめぐらせたところでもう遅い。愛美はすでにわたしの部屋に着いているはずだ。

わたしは首を振り、洋服の山に手をつけた。見覚えのあるものも多い。白地にオレンジのリボンがプリントされたTシャツ、明るい水色のショートパンツ、淡いクリーム色の丸襟ブラウス。紺と白のストライプのシャツ、ブラックジーンズ、グレイのフレアスカート、と地味な色あいもちらほらまじっているのは、わたしが高校の頃に買い、実家に置いて出た服だ。愛美には明らかにサイズが大きすぎるものも、気にもとめずに着ているのだろう。

愛美ももう少し身なりをかまえばいいのに。

いつも考えることを、また考えた。田舎とはいっても、仮にもデパートのファッションフロアで働いていたとは思えない。価値のあるヴィンテージならともかく、ただ古いだけで流行遅れの服を着て許されるのは十代までだろう。比較的新しそうなものも、生地はぺらぺらと薄く縫製《ほうせい》も粗《あら》く、見るからに安物だ。もったいない、とこれもいつものように思う。わたしと違って小柄で華奢な愛美なら、愛くるしいデザインも派手な柄《がら》もののもくどくならずに似合う気がする。姉が言うのもなんだけれど、顔だちだって悪くない。仕事は辞めてしまったとはいえ、まだ遅くない。本人におしゃれしようという気さえあれば、いくらでも変われるはずだ。

手がとまっていることに気づいて、苦笑がもれた。駄菓子《だがし》に使われる合成着色料のようなミントグリーンの、毛玉のついたカーディガンをたたみ直す。

その気さえあれば、変われる。それはつまり、本人がその気にならない限り、どうしようもないということでもある。

愛美を見ていると、ときどき無性にいらいらする。どうしてがんばろうとしないのか。ぬくぬくと時間を浪費して、満足そうにへらへら笑っていられるのか。あれでは、あっというまに田舎のおばさんになってしまう。わたしも母のことをきらいではないし、育ててもらって感謝はしているけれど、ああいうふうには絶対になりたくない。愛美にわたしほど意識を高く持てと言うつもりはないが、もうちょっと向上心というものを磨いたほうがいい。

だから、今回の東京行きは前進といえる。向上心とまではいかないにしても、外の世界に興味を持つのは第一歩として悪くない。わたしはいいことをしたのだ。妹のためにひと肌脱いであげたのだから、「とりかえっこ」で押しつけられたのがこの悲惨な部屋でも、姉として心を広く持たなければ。

服をすべてたたみ終えると、ベッドの上はだいぶすっきりした。腰を下ろしてひと息つき、ついポケットから携帯電話を出す。

未練がましくモニターを眺めてしまう自分に嫌気がさす。ゆうべ着信音を最大にしたので、連絡が入れば聞き逃すはずはない。座った姿勢から、後ろへ倒れこんだ。服の山がくずれてTシャツが顔を覆う。かすかに石鹼《せっけん》のにおいがする。

用のないメールを、柏木はきらう。差出人は誰だったのか、よっぽどひまなんだな、返事の書きようがないよ、とぼやいているのをたまたま聞いて以来、わたしは常に注意を怠《おこた》らないように心がけている。柏木の意見をうのみにしたわけではなく、しごく正しい主張だと自分自身が納得したからだ。用事もないのにせっせと連絡するなんて、ひまな人間がやることに違いない。

今まさにわたしは痛感している。やはり柏木は正しかった。

用件がないどころか、近況報告がてら話せそうなできごとすら起きないのに、携帯電話を手放せない。手放せないだけならまだしも、発作的に通話ボタンを押しそうになる。メッセージを書いては消し、消しては書き、いつまで自制心が保《も》つか不安になってきた。おとなしく待っていればいいというのはわかっている。状況が変わったらすぐに知らせると柏木は約束してくれた。あれ以来連絡がとだえているのは、土日なのに急な出張が入って忙しかったせいだ。そもそも、会社が休みの週末に、「状況」が変わりようもない。

柏木は明日には東京へ戻るはずだ。きっと電話がかかってくる。変化があれば連絡をくれると言ったのは、変化がなければ連絡しないという意味ではないだろう。

顔の上にのっているシャツを、払いのける。視界が晴れる。

ひょっとしたら、柏木は気を遣《つか》っているのかもしれない。電話をかければ当然、仕事の話になり、出張の話になる。韓国の現地企業と提携して売り出した新商品、マッコリを配合したチョコレートが好調で、追加のコマーシャルを打つ予定になったらしい。本来ならわたしも企画側の担当者として広報部の柏木に同行したはずだから、つらい想いをさせたらかわいそうだと気を回してくれたのだろう。柏木はいつだって細やかな配慮を忘れない。

でも本当は、そんな気配りは無用なのだった。だってわたしはなによりもまず、柏木の声こそを聞きたいのだから。ただ声が聞きたいというのを、用とみなしてもらえるかは微妙だけれど。

わたしは体を起こして立ちあがり、窓を全開にした。風が吹き抜け、日に焼けて色あせたカーテンが大きくふくらむ。

明後日あたりまで待ってみて、それでも柏木から音沙汰《おとさた》がなければ、さりげなく電話してみよう。出張の話でも仕事の話でも、なんでもいいから聞こう。そっちはどうかとたずねられたら、のんびりできていいよと答えよう。堂々としよう。なにもくびになったわけじゃない。わたしは自ら望んでここへ来た。しばらく休めばいいとすすめたのは上司でも、決めたのはわたしだ。

夏休みを楽しんでね、と愛美は言っていた。そのとおりだ。わたしはあくまで、豊かな自然の中で、ゆったりと長めの夏休みを楽しんでいるのだ。

もうすぐだ。きっともうすぐ、状況は変わる。


おやつでも食べないかと言って部屋をのぞきにきた母は、目をまるくした。

「これ全部、聡美がやってくれたの？」

ものも多いが家具も多く、置き場所にはそんなに困らなかった。さしあたり、化粧品と雑貨はスチールラックに、文房具は机の上にまとめ、漫画と雑誌は本棚に適当にさしこんだ。応急処置とはいえ、朝よりずいぶんましにはなっている。

「助かったわ。お母さんも掃除のついでにちょこちょこ片づけてるんだけど、なかなか追いつかなくて」

母がうれしそうに部屋を見回す。

「仕事を辞めてひまになったらまとめて片づけるって言うから、最近はほとんど手をつけてなかったのよね」

いかにも愛美の言いそうなことだ。その挙句《あげく》に、結局は放《ほ》ったらかして行ってしまったというのもまた愛美らしい。

「せっかくのお休みなのに、働かせちゃって悪かったわねえ。本当にありがとう」

大仰《おおぎょう》に感謝されて、反応に困る。帰ってきた直後は歓迎してくれた両親も、なにかおかしいと勘づいているようなのだった。

「いいよ、このくらい。たいしたことないよ」

どうせひまなんだし、とつけ足してから、卑屈に聞こえたような気がしてさらに言い添えた。

「部屋を使わせてもらうわけだから、お礼に」

「そう？」

母がわたしの顔をうかがって、遠慮がちに言った。

「聡美、出かける予定はないの？」

「なんで？」

驚いて聞き返す。あるわけがない。

「だって、お化粧。髪も服もちゃんとしてるし、アクセサリーも」

「こんなのふだん着だよ。顔だって、眉毛とファンデーションだけだし」

むっとして答えたものの、声は尻すぼみになった。休日は眉を描かない、と愛美が悪びれずに言っていたのを思い出したのだ。髪もとかさないらしい。仕事のときすら、ファンデーションは塗らず、日焼けどめも兼ねた下地のクリームだけでごまかしていたそうだ。

「そうね。聡美はいつもきちんとしてるもんね」

母はばつが悪そうに目をそらした。面倒くさい。ため息をこらえて、わたしはベッドの上に積みあげた洋服の山を軽くたたいた。

「これはどうしたらいい？　どれをどこにしまえばいいか、よくわかんなくて」

定位置と違う場所にしまったら愛美が後で困るかもしれない。押入れの中を勝手にのぞくのも気がひける。

「ああ、適当に入れちゃって大丈夫よ」

母が表情を和らげ、慣れた様子で押入れのふすまに手をかけた。中もしっちゃかめっちゃかになっているかと思いきや、ひきだし型の衣装ケースがずらりと並び、それぞれの段に小さなラベルが貼られて中身が記されている。これならさすがの愛美にも散らかしようがないなと安堵《あんど》しつつ、わたしは母の開けたひきだしの中に目を落とした。まるめたTシャツがきれいに色ごとに並んでいる。

「これって」

母が苦笑する。

「うん。そこは愛美」

またもや昔の記憶がよみがえった。愛美は部屋全体を片づけるのは苦手なくせに、ひきだしの中身を分類したり、下着を柄ごとに並べ直したり、細かいところには異常に時間をかけた。部屋を片づけなさいと母からしかられると、まず机のひきだしをひっくり返すところからはじめた。それでもすべて整頓《せいとん》しきれればいいのだが、必ず途中で挫折して、母に助けを乞《こ》うはめになる。目につく場所からきれいにすればいいのに、とわたしはいつもあきれたものだった。

「スカートとワンピースは隣だな。持っていくの、手伝ってもらっていい？」

隣の六畳間は、かつてわたしが使っていた。

足を踏み入れるのは何年ぶりだろう。愛美の自室からあふれた荷物やら、お歳暮にお中元、冠婚葬祭のもらいものやらに占拠《せんきょ》され、もはや物置と化している。ごたごたと積みあがった箱や衣装ケースの奥に、古びた本棚やたんす、愛美とおそろいの学習机も見える。曇った窓からさしこむ淡い光の帯に、無数の細かい埃が浮かんでいる。

洋服かけに手際よくワンピースをつるしながら、母がつぶやいた。

「ここも少し整理しないとね」

早くここを出ていきたい。昔、この部屋で、わたしはそれだけを願っていた。たいくつすぎる毎日を持て余し、新しい世界に旅立つ日を夢見ていた。そういう子どもは、ぐれたり斜にかまえたりもしがちだが、それは負けだと思っていた。もっと軽やかに鮮《あざ》やかに、逃げ出すのではなく胸を張って、出ていきたかった。さすが聡美ちゃん、こんな田舎はふさわしくないもんね、東京でも立派にやっていけるよね、と誰もに納得され称賛《しようさん》されて見送られたかった。だからわたしは常に優等生だった。行事ごとにも部活にも、きちんと参加した。体を動かしている間は気もまぎれた。

夢はかなった。かなったはずだった。それなのに、なぜだかわたしはまたこんなところにいる。

「この部屋が片づいていれば、聡美がいつ帰ってきても大丈夫だしね」

「帰ってこないよ」

とっさに、言い返していた。

母がびっくりしたように振り向いた。わたしのほうも、あまりにせっぱつまった声が出てしまったことに、われながらたじろいだ。しばらく無言で見つめあってから、母がそっと口を開いた。

「そういう意味じゃ、なくて」

「うん」

わたしは気まずくうなずいた。

母とすいかを食べた後、少しおもてに出てみることにした。ふたりで顔をつきあわせているのも所在ないし、部屋はひととおり片づいてしまったのでやることもない。

念入りに日焼けどめを塗って、つばの広い帽子をかぶった。陽ざしだけでなく人目も避けたい。これでうつむきがちに歩いていれば、顔は隠れてほとんど見えないだろう。足もとは、東京からはいてきたヒールの高いサンダルではなく、靴箱の奥で見つけた古いビーチサンダルにした。

日傘をさし、玄関から一歩足を踏み出したとたんに、くらりとした。東京のアスファルトからたちのぼる熱とはまた違って、生きものの発するそれは湿りけを含んでいる。週末に父がせっせとむしっていた庭の雑草が、たった一日でまた伸びているようだった。このむだな生命力を、わたしにもちょっと分けてほしい。門を出て、舗装されていない砂利道《じゃりみち》を、ゆっくりゆっくり進む。足を速めても、それどころか全力をふりしぼって懸命に走ったとしても、どうせどこにもたどり着けない。けれど一方で、もしも立ちどまってしまったら、永久に動けなくなりそうな気もする。

空が広い。あおあおと茂った畑と水をたたえた田んぼが、見渡す限り続いている。ところどころで、麦わら帽子をかぶりタオルを首にかけた人々が作業している。

日傘と帽子で誰だかわからないだろうに、何人かがこちらに向かって手を振ってきた。こんなところを歩いているということは、近所に住む人間に違いないから、とりあえず挨拶しているのかもしれない。わたしのほうは、向こうの顔は見えるものの、やはり誰なのかわからない。愛美もよく、道ですれ違った相手とにこやかに会釈《えしゃく》をかわしておいて、あれ誰だっけ、と後から首をひねっていることがあった。軽く頭を下げて、通り過ぎる。下を向いた拍子に、ひからびかけた巨大なみみずに蟻《あり》がびっしりたかっているのが目に入り、あわててよけた。乾ききった土に太陽がじりじりと照りつけている。

それにしても、暑い。しかも、なにもない。

東京では、ちょっとした気分転換や時間つぶしがしたいときは、近所をぶらつくのが一番てっとりばやい。そのへんの店をのぞいて買いものをしてもいいし、カフェで一服してもいい。少し足を延ばして、大きめの公園を散歩するのも気持ちいい。でもそんなふうに過ごせるのは、日本の中でもごく一部の地域に限られるのだ。

もう引き返そうかと考えはじめたところで、ようやく国道が見えてきた。わたしはふらつく足に力を入れ直し、ぐいと帽子のつばをひきおろした。つきあたりのT字路の、向かって右手の角にある四角い二階建ての建物は、公太のうちだ。一階が工務店の事務所で、二階が住居になっている。

ガラス戸の前を通るときに、目だけ動かしてこっそり奥をうかがった。従業員が二、三人、立ち働いている。公太はいないようだった。弟か、従兄弟《いとこ》か、他の親戚《しんせき》なのか、似たような顔で区別がつかないが、みんなそろって忙しそうだ。誰もかれもが働いている。わたし以外は。

よけいなことを考えたせいか、いきなり目の前に会社の風景が広がった。

冷房のよくきいた、むしろ寒いくらいにききすぎているオフィスの天井から、わたしは幽霊みたいに部署の面々を見下ろす。皆、パソコンをたたいたり、書類をめくったり、電話をかけたり、せかせかと働いている。わたしの席だけが空いている。

ぐるりとフロア全体を見回して、壁際のプリンターに目がとまった。正しくは、機械ではなく、その前に立っているサナエに。

印刷を終えたサナエが歩いてきた。すれ違った部長に愛想よく会釈し、課長のデスクの前で呼びとめられて短く言葉をかわし、同期からなにか声をかけられて笑いあい、あちこち寄り道しつつ近づいてくる。手に持っている紙の束をのぞきこんで、わたしは仰天した。先月、わたしが土日も返上して、徹夜で作りあげたプレゼン資料だった。

どうして、と問いかけたわたしを無視して、サナエはすたすたと自席へ向かう。わたしの向かい側、と思いきや、さっさとその列を通り過ぎる。腰を下ろしたサナエを見て、わたしは悲鳴を上げそうになった。そこはわたしの席だ。

よく見たら、きれいに整頓されていたはずのデスクに、悪趣味なキャラクターもののマグカップと、おそろいの卓上カレンダーが置かれている。コンビニでシールを集めてもらえるやつだ。部長も課長も鼻の下を伸ばしながら協力していた。

「あれ」

ふいに横から声がして、わたしは飛びあがった。

無意識のうちに角を右に曲がって、事務所の裏手の、国道に面した駐車場の前にさしかかっていた。手前に停まった白いバンの傍らに、作業服姿の公太が立っている。口をぽっかりと開け、もともと知的とはいえない顔がますますまぬけに見える。

わたしがしかたなく頭を下げると、公太は足早にこちらへ寄ってきた。困ったな、と思う。この子のことはどうも苦手だ。頭の中身がわかりやすすぎて、逆に混乱させられる。愛美の場合、あけっぴろげに見えて裏で気を回しているときもあるが、公太にはそれもない。うれしいときは地面をころころと転げ回って笑いこけ、悲しいときは声を限りに泣き叫んでいた子どもの頃からほとんど進歩がない。愛美いわく、愛情表現もきわめて直截《ちょくせつ》らしい。好きだ愛してる結婚しよう。少女漫画ではあるまいし、なんの情緒もない。

公太のほうもわたしのことは苦手なはずだ。わたしがまだ社会人になりたての頃、帰省したときにうちで一緒に食事をしたことがあり、酔っぱらってからんできたので説教してやった。結婚したら愛美は仕事を辞めて家事に専念してほしいだの、帰ってきたときにあたたかいごはんとお風呂が待っているのが理想だの、古くさいことばかり言うからだんだん腹が立ってきた。愛美は家政婦ではないと諭《さと》したところ、敬遠されるようになったのだった。

公太ってすごくかわいいんだよ、としかし愛美は言う。一緒にいてとにかく楽だし、とも。単純なところがいいのだろうか。ペットを飼うならそれでもかまわないけれど、恋愛としてはどうなのか。せっかくつきあうなら、尊敬できる相手と切磋琢磨《せっさたくま》していきたいとわたしは思う。よりよい自分になるためにお互いが高めあってこそ、ふたりで過ごす価値がある。楽をしたければひとりでいればいい。

「どうしてくれるんだよ」

公太はわたしの前に立ち、憤然と言い放った。肩をいからせ、顔を真っ赤にしている。相変わらず非常にわかりやすい。

「愛美が……」

途中で声を詰まらせた。怒りのせいかと思ったら、目が潤《うる》んでいる。わたしはげんなりして視線をそらした。

公太は昔から泣き虫だった。喜んでいるときもさびしいときも感動したときも、なにかにつけて涙ぐむ。足が学年一速く、ラグビー部の主将も務めていたおかげで、軟弱なわけじゃなく純粋すぎてすぐに熱くなるんだと好意的に解釈してもらえていたものの、これで体が弱かったり運動神経が悪かったりしたら、容赦《ようしゃ》なくいじめられていたはずだ。

「頼むから早く東京に帰ってよ。で、愛美を送り返してくれよ」

子どもじみた口ぶりで訴えられて、わたしは苦笑してしまった。できるものなら、とっくにそうしている。

「わたしのせいじゃないよ」

きっぱりと告げた。わたしが愛美をそそのかしたわけじゃない。逆に、ひきとめた。こうなったのは、だから愛美と、そして公太のせいだ。もとはといえば、公太の束縛《そくばく》が強すぎるから、愛美はその気になったのだ。そうして、わたしや公太や両親をうまく言いくるめ、東京に行ってしまった。

言いくるめられたのだ、とあらためて思う。そういうことが得意な人間が、いるのだ。論理的に説きふせるのではなく、押しつけがましい印象もなく、知らず知らずのうちに相手の心をじわじわと動かして納得させてしまう。気づけば誰もを味方につけて、困った顔をしてみせるだけで自然に助けの手がさしのべられる。わたしには逆立ちしてもできないそんな芸当を、やすやすとやってのける人間がいる。

胃をぎゅっとつかまれたような不快感が、再びこみあげてきた。大きく息を吐く。公太からいぶかしげに見られたけれど、気にしている余裕はなかった。

どうかしていると思う。愛美からサナエを連想してしまうなんて、どうかしている。愛美は血を分けた妹だ。しかも悪気がない。悪意というものを、そもそも持てない子なのだ。他人を陥《おとしい》れ窮地《きゅうち》に追いこむようなことをするわけがないし、できるはずもない。

でも、と考えてしまう。なにかのきっかけで、愛美が悪意を持ったらどうなるだろう。

「わたしのせいじゃない」

頭がうまく働かなくなってきて、わたしはただ繰り返した。公太はなにも言わない。捨てられた犬みたいに心細げな目で、わたしをじっと見つめている。

＊

目を開けたら、白い天井が見えた。見慣れない、北欧ふうのペンダントライトがぶらさがっている。

跳ね起きて周りを見回す。見慣れないテレビがあり、見慣れないテーブルがあり椅子がある。壁にかかった時計はちょうど四時をさしている。左手の窓から、陽ざしがななめにさしこんでいる。車の走る音がひっきりなしに聞こえてくる。

紺色のカバーがかかったベッドの上で、あたしはあぐらをかいた。半日分のできごとが、ドラマの予告編みたいにばらばらと断片的に浮かんでは消える。泣きそうな顔でホームから手を振る公太、東京駅の雑踏、開かない改札、掃除機を持って現れた柏木さん、真っ黒なコーヒー。柏木さんを見送ってベッドに腰を下ろしたところで、記憶がとだえている。気が抜けたせいか、うたたねしてしまっていたらしい。

のどがからからだった。立ちあがり、キッチンに入る。床はここだけタイル貼りになっていて、隅にひとり暮らし用の小さな冷蔵庫が置かれ、横の棚にトースターや電子レンジが並んでいた。すべてに同じアルファベットのロゴがついている。ヨーロッパのメーカーの名前は、あたしも知っている。結婚情報誌の付録についてきたカタログで見かけて、すてきだなと思った。あたしとお姉ちゃんの好みが重なるなんて珍しい。お姉ちゃんのほうは、デザインよりも、一生ものの一流品、という謳い文句に惹《ひ》かれたのかもしれないが。

もっとも、おそろいにはならない。あたしには高すぎて手が出ない。

家電に限らず、もともとお姉ちゃんは持ちものにお金をかける。たくさん買いまくるわけではなく、単価が高い。特に最近は、服もかばんも靴も海外のブランドでそろえているようなので、かなりの出費のはずだ。あたしや両親がほめると、お姉ちゃんはいつになく饒舌《じょうぜつ》に、それぞれの品物の出自を披露《ひろう》してくれる。イタリアの老舗《しにせ》とか、フランスで注目されている若手デザイナーとか、固有名詞が出るときもあるし、そうでないときもある。シャネルやプラダみたいなわかりやすいブランド名ではないので、お母さんたちはたぶん聞き流しているけれど、あたしはよく後からネットで検索してしまう。どれも上質だと絶賛《ぜっさん》されていることも、評価に見あった値段がついていることも、そしてそう確かめて複雑な気分になることも、毎度わかりきっているのだからよせばいいのに。

うらやましいような、そうでもないような。あこがれるような、そうでもないような。いいなあお金持ちだなあと素直に感心する一方で、無地のワンピース一枚にそれだけ払うなら、同じお金で五枚でも十枚でも違う色や柄のものを買うほうがいいようにも思える。それでも「本物は違う」と言われれば、やっぱり気になる。一度くらい奮発してみようか、いやどうせあたしには似合わないだろう、ともやもや考えをめぐらせる。

カウンター越しに、あたしは部屋の中をあらためて眺めた。ここもけっこう元手がかかっているのだろう。ベッドもテーブルも棚も、変わったデザインではないものの、よく見たら上等そうだ。家賃はいくらくらいだろう。ばりばり働いてかせいでいるから平気なのか。とはいえ将来に向けていくらかは貯金も必要じゃないか。

たとえば結婚資金とか、と考えかけてやめた。よけいなお世話だろう。こうしてあたしも恩恵を受けているのだから、文句を言うつもりもない。

前にお父さんが酔っぱらって、お姉ちゃんの学生時代にいくら仕送りしていたかをもらしたことがある。漠然と想像していた額の倍近かった。あたしが絶句したからだろう、ぜいたくをしてたわけじゃないんだよ、とお父さんはあわてて言いつくろった。仕送りは家賃の分だけで、食費や遊ぶお金は本人がアルバイトでまかなっていたという。家賃の予算を超える差額も自力で埋めると言うのを、あまりにもかわいそうだから多少は援助しようと両親のほうで決めたらしい。

お姉ちゃんからねだったわけではないというところをお父さんは強調したいようだったけれど、そういう問題じゃないとあたしは思う。親が子どもの苦労を知らんぷりできるはずがない。だいたい、おしゃれなところに住もうとするから家賃が上がるのだ。あたしだって高校を卒業した後はお小遣いをもらっていなかった。実家暮らしで生活費はほとんどただ同然じゃないかと言われればそれまでだし、別にお金にこだわるつもりもないが、どうも釈然としない。

ひいきだとひがんでいるわけでもない。両親はあたしのこともかわいがってくれた。大事に育ててもらった。でも、愛情とは別の次元で、なんだか扱いが違う気がするのだった。

お姉ちゃんは若干できすぎなくらいの優等生だった。成績優秀、品行方正、まじめで責任感が強く、スポーツもできて字もきれいでピアノもひける。五ばかりが並んだ通知簿を見るたびに両親は相好《そうごう》をくずし、着々と増える賞状やトロフィーを客間のガラス棚にいそいそと飾った。書道展に夏休みの自由研究にピアノのコンクール、第一位だの大賞だの最優秀作品だのと記された表彰状のうち、確かマラソン大会のそれだけが三等で、本人がすかさず撤去していた。

お客さんが来ると、親戚であれご近所のひとであれ、ずらりと並んだ賞状を眺めて感嘆の声を上げた。聡美ちゃんはすごいねえ。ほんとにうらやましいわ。うちの子なんて、なんのとりえもなくって。お姉ちゃんはどんなにほめられても、騒ぐほどのことではないとでも言いたげに形ばかり頭を下げるだけで、特にうれしそうでもなかった。

そうしてひとしきりほめそやした後で、彼らは思い出したように言い添えた。お宅はほんとに安心ね。愛美ちゃんも、明るくて気だてもいいし。

あたしはなにをやっても中途半端だった。書道教室もピアノ教室もすぐにやめてしまった。マラソンはどんなに調子がよくてもせいぜい三十位くらいだった。もし、と昔はよく想像してみたものだ。もしもあたしがお姉ちゃんとおんなじくらいがんばって勉強したら、練習したら、努力したら、ちゃんと結果は出るんじゃないか。あたしたちには同じ血が流れている。生まれつきの能力や資質に、そんなに差があるものだろうか。

答えは、もちろんわかりきっていた。だめだ。いくら才能があっても、お姉ちゃん並みに勉強や練習や努力をするなんて、あたしには無理だ。

それでも、あたしだってがんばればできる、やればできる、と考えれば、少しは気分がましになった。がんばればできる、やればできる。ただ、お姉ちゃんみたいに必死にならないだけ。あたしに欠けているのは才能じゃなくて、ほしいものはどんな手段を使ってもつかみとろうとする気持ちなんだ、と。

冷蔵庫の中はほとんど空っぽだった。使いかけのバターとしぼんだレモン、あとは調味料がいくつか入っているだけで、飲みものらしきものは見慣れない緑色のガラス瓶《びん》しかない。留守にする前に整理したというのをさしひいても、日頃の自炊事情がうかがい知れる。なんでもできるお姉ちゃんなのに、料理の才能には恵まれていないのだ。

ビールかと期待して手にとった緑の瓶は、裏のラベルによるとフランス産の炭酸水らしく、開けずに戻した。子どもの頃、舌がぴりぴりするのが気持ち悪くて炭酸を飲めなかったあたしは、いまだに炭酸飲料が好きではない。ビールや発泡酒はおいしく感じるのは、アルコールはおとなになってから飲みはじめたからだと思う。

調理台のひきだしや棚も物色してみる。飲みものの買い置きはないかわり、大量の香辛料を発見した。いかにも輸入品らしいしゃれた小瓶を、ひとつずつ目の前にかざしてみる。ナツメグ、コリアンダー、シナモン、セージ、オレガノ、かたちは同じでふたの色だけが違う。どれも封は開いているものの、ほぼ新品同様だった。

いよいよのどがかわいてきて、あたしはしかたなく流しに近づいた。本当はきんと冷えたものが飲みたいけれど、ぜいたくはいえない。柏木さんがさっき水やりに使っていたものと思《おぼ》しきガラスのコップが、洗いかごにふせてあった。水をくんで、ひと口含む。飲みこむ前に、吐き出した。ぬるい。変な味がする。しかもくさい。

そういえばいつかお姉ちゃんが、上京してからミネラルウォーターしか飲まなくなったと言っていた。いつもの都会自慢かと聞き流していたが、まっとうな理由があったのだ。飲み水すら外で調達しないといけないのであれば、あんなにたくさんコンビニがあったのも納得がいく。

そうだコンビニだ、とひらめいて一階に降り、水を買って部屋へ戻ってくるまでに、五分もかからなかった。

部屋の真ん中で、立ったまま大きなペットボトルを両手で抱え、冷たい水をごくごく飲んだ。のどが潤《うるお》うにつれて、疲れもすうっとひいていく。壁に立てかけられた全身鏡に、笑顔のあたしが映りこんでいる。今日からしばらく、あたしがここの主になる。お姉ちゃんが謳歌《おうか》してきた優雅な東京暮らしを、存分に満喫させてもらうのだ。

満ち足りた気分で室内をぐるりと見回して、クローゼットの扉が目に入った。なんの気なしに近づいて、手をかける。部屋の中のものにはむやみにさわらないで、収納回りを勝手に開けたりいじったりしないで、とお姉ちゃんがしつこく言っていたのを忘れたわけではない。ちょっと、見てみるだけだ。

中は混沌《こんとん》としていた。目の高さにポールが渡され、ダウンジャケット、薄手のワンピース、麻素材の白いワイドパンツ、もこもこした毛皮のコート、と四季の服がいっしょくたにつるされている。クリーニング店のビニールがかかったままのものもある。ポールの上の棚には箱や紙袋がごちゃごちゃと詰めこまれ、なにかひとつをひっぱり出したら全部がなだれ落ちてきそうだ。

つまさきだちになり、首をありったけ伸ばして、幾重《いくえ》にも重なったカラフルな地層をのぞいてみる。本物の地層が時代ごとの気候や生態系の移り変わりを示すように、押しこめられた品々から持ち主の興味の変遷《へんせん》が読みとれる。フットバス、ダンベル、美顔ローラー、ヨガマット、と美容系が目につく。本や雑誌もある。中でも、真っ赤な表紙の「必勝・デキル女性の仕事術」が目立つ。「働けば働くほどキレイになれる！」とサブタイトルが添えられている。休みがとれたら実家に帰ってのんびりしましょう、などとぬるいことが書かれているようには見えない。

右足が攣《つ》った。あたしはクローゼットの扉を開けたまま、床に座りこんでふくらはぎをさすった。

お姉ちゃんの部屋だ、としみじみ思う。生活感に欠けるほど片づいた室内と、いらなくなったもののひしめくクローゼットの落差がすごい。見えないところに手をかけても意味がない、そして意味のないことには労力や時間を割くべきではない、というのがお姉ちゃんの持論なのだ。物事にすべて優先順位をつけ、中と外とを巧みに使い分ける。実家にいた頃は、押入れやひきだしの中をせっせと整理整頓しているあたしに向かって、もっと全体を片づけなさいよとよくあきれ顔で言っていた。

床にごろりと仰向けになってみる。フローリングがひんやりと冷たい。意味があるか、ないか。役に立つか、立たないか。そこにこだわるお姉ちゃんにとって、今の状況ってどうなんだろう。実家でだらだらと過ごす毎日の、どこに意義を見出しているんだろう。

まずは柏木さんから事情聴取だ。

あたしは憂鬱《ゆううつ》そうなお姉ちゃんの顔を頭から振りはらい、勢いをつけて起きあがった。考えてどうなる話でもない。クローゼットを閉めようとして、足もとに並んだ衣装ケースの狭間《はざま》に目がとまった。薄い冊子がつっこんである。

料理本だった。ハンバーグ、肉じゃが、オムライス、たきこみごはん、和洋とりまぜた定番の献立が目次にせいぞろいしている。一か所だけ付箋《ふせん》のついているページをめくってみると、ビーフシチューがのっていた。写真の上に、たっぷりのハーブでおうちでも本格的な味に、と書かれている。

お姉ちゃんは本当に努力家だ。そしてその努力は、人目につかないようにひっそりとなされる。えらいと思わないわけじゃないけれど、見ているとときどき息苦しくなる。なんだか痛々しいのだ。面と向かってそんなことを告げたら、本人は怒り狂うに違いないけれども。

お姉ちゃんはがんばるくせに、他人からそうみなされるのをきらう。余裕の顔で一番をかっさらうのが、お姉ちゃんの美学なのだった。

たとえば、試験勉強だ。

中学のとき、自転車で四十分かけて通学していたあたしと、高校まで電車で通っていたお姉ちゃんは、雨の日だけ同じバスを使った。あたしにはちょっと早すぎ、逆にお姉ちゃんは始業時刻ぎりぎりになってしまうが、一時間に一本しかないので選択の余地はない。

たまたま高校の試験期間中に雨が降ると、あたしは家の中と外でのお姉ちゃんの豹変《ひょうへん》ぶりを目のあたりにすることになった。出かける直前までは鬼気迫る形相でノートをめくり、話しかけてもろくに返事もしてくれないのに、玄関を一歩出たら一切そんなそぶりを見せない。夜ふかしのせいで目の下にできたくまも、薄化粧で完璧にごまかされていた。身内の目から見てもお姉ちゃんはきれいだった。バスに乗りあわせた男子中学生や高校生、ときには会社員ふうの若い男のひとまでもが、よくみとれていた。彼らの目には、地元にしてはあかぬけた女子高生が、のんびりと外の雨景色を眺めているようにしか見えなかっただろう。その頭の中に数式や元素記号や歴史上の大事件がめまぐるしく渦巻《うずま》いているというのを、あたしだけが知っていた。

ただし、自分自身の試験と重なってしまったときは、それどころじゃなかった。あたしの勉強方法は、お姉ちゃんのそれとはほぼ真逆だったからだ。家ではなにかと気が散ってはかどらず、当日の通学時間を使うはめになる。バスの手すりにしがみついて必死に単語帳をにらんでいたら、座っていた顔見知りのおばあさんに同情され、席を譲《ゆず》られかけたこともあった。さすがに辞退した。押し問答の途中で、ふと視線を感じて振り返ると、お姉ちゃんがかたちのいい眉をひそめて冷ややかにあたしを見ていた。

ぷいと顔をそむけられたときのみじめさったら、なかった。心底みっともないと軽蔑《けいべつ》されているのが伝わってきた。今となっては、たかが試験勉強であんな顔をするなんてひどいと思うが、当時はそうも割りきれなかった。その日のテストはさんざんだった。

料理本を同じ位置に押しこみ、念のために一歩下がって、もう一度クローゼット全体を眺める。開けた形跡が残ってはまずい。

ちょっと見てみただけだ。あたしは家探《やさが》しにきたわけじゃない。お姉ちゃんの私生活をかぎ回る気もない。その主要人物のひとりであるはずの柏木さんには出くわしてしまったけれども、あれは不可抗力だった。

言い訳するように考えて、あ、と声を上げそうになった。ひょっとして、柏木さんの目的はそこだったんじゃないか。

恋人の留守に乗じて、部屋を物色しにきたのだ。観葉植物の世話だなんて、口実として不自然すぎる。水をやっている様子もなんだかおかしかったし、異様に丁寧な手つきも不気味だった。気を遣わせると悪いからお姉ちゃんには黙っていてほしいと口どめされたのも、今となっては疑わしい。

もしや、ストーカーなのか。ときどきニュースで見る。被害者は都会でひとり暮らしをしている若い女性が多い。犯人は、はじめは感じよくふるまっていても、なにかのきっかけで暴走しはじめるという。お姉ちゃんはいったん思いこんだら周りが見えなくなるふしがあるから、柏木さんのあやしい言動にも気づいていないのかもしれない。そうでなくても、自分の選んだ男が変だなんて、なかなか認めない気がする。

考えれば考えるほど、どきどきしてきた。こうなったら、なにがなんでも柏木さんにもう一度会って、あたしの目で正体を見極めなければ。

柏木さんと会う日どりは、メッセージのやりとりだけであっさりと決まった。翌々日の水曜日、あたしが上京して三日目の夜に、夕食に連れていってもらうことになった。

当日、仕事の昼休みに電話をかけてきた公太は、かなり心配していた。

「大丈夫なの？　危なくない？」

柏木さんの挙動不審ぶりは、初日のうちに報告した。そのときはおもしろがって聞いてくれていたのに、会うとなると不安らしい。

「大丈夫だよ、外だし。周りにひともいっぱいいるし」

待ちあわせは渋谷《しぶや》のハチ公前だから、人通りが多いのは間違いない。

もちろんお姉ちゃんにはまだなんにも伝えていない。今の段階で話しても止められるに決まっている。報告するのは証拠をつかんでからだ。

「それに、あたしに害を加えてくる感じじゃないよ」

危ないというなら、おととい密室でふたりきりだったときのほうがよほど危なかった。

「ほんとかあ？」

「ほんとだって。あたし、こういう勘は当たるもん」

「愛美って、思いこんだら周りが見えなくなるからな」

公太はまだぶつぶつ言っている。

「あと、出かけるときは家の戸締《とじま》りや火の始末も注意してな。慣れてきたからって調子乗らないように」

お母さんみたいに念を押す。

「はいはい」

公太の言うとおり、あたしはこの生活に思いのほかすぐ慣れた。商店街で買い出しをして、冷蔵庫はずいぶん充実した。コンビニも朝に晩に使いこなしている。目が覚めてここはどこだったっけと混乱したのも、最初の一度きりだった。

「はいは一回でいい」

公太が不服そうに指摘する。

「いいよな楽しそうで。もっとさあ、さびしいとかないの？　公太の顔が見たいなあ、とか」

ないわけじゃない。が、ここの暮らしが、これもまた思っていた以上に快適なのだ。

あたしが田舎に残って親と同居していることに、お姉ちゃんが妙な負い目を感じているのは知っていた。部屋を貸してほしいとねだったときには、あざといかなと思いつつ、そこもつつかせてもらった。けれど実際は、無理をしてきたつもりはなかった。楽だしお金もかからないし、住みたくて住んでいるのだと思っていた。だからこれまで、ひとり暮らしになんか興味はなかった。ないはずだった。

それなのに、いざこういう展開になってみたら、楽しくてしかたない。

「おれはさびしいよ。愛美に会いたいよ」

切々と訴えられて、少し気がとがめる。

「公太もおいでよ。そうだ、今週末にディズニーランド行かない？」

昨日、新宿のチケットショップで、ペアの一日券が安売りされているのを見つけたのだ。有効期限が今週末で、半額以下に値引きされていた。買ったときには公太を誘うつもりだったのに、すっかり忘れていた。

「無理、リョウの結婚式があるから。来週は？」

「期限が週末までなんだよ。日帰りはできない？」

「どうせ行くならゆっくりしたいよ」

公太は不満げに答えた。

「ていうか、もうチケット買っちゃったわけ？　おれの都合も確認してくれよ。愛美ってほんと、マイペースだよな」

「だって安かったんだもん」

お姉ちゃんもよく、あたしのことをマイペースだと言う。自分のペースを決してくずさず、他人に譲らず、いろんなものをなぎ倒して進んでいくのはお姉ちゃんのほうなのに。

「お姉ちゃん、元気かなあ」

　あたしがなにげなくつぶやくと、電話の向こうで不自然な沈黙があった。

「公太？　どうしたの？」

「おととい、会ったよ」

　公太がもそもそと言った。

「え？　なんで？　公太、うちに来たの？」

　車で送ってもらったときになにか忘れ物でも残っていたのかと思ったら、そうではなかった。事務所の前を通りかかったお姉ちゃんを呼びとめて、立ち話をしたという。

「よく気がついたね。会うの、ひさしぶりじゃない？」

「だって目立ちまくってたもん。ばかでかい帽子かぶって、傘さして」

　そういえばお母さんにも、ご近所からも目撃談が寄せられたと聞いた。珍しいわね聡美ちゃん、どうかしたの、と興味しんしんで聞かれて返事に困ったらしい。

「なんだよ、あの傘？　東京で流行《はや》ってんの？」

「流行っていうか必需品らしいよ」

　あたしは聞いたままを答えた。お母さんもお姉ちゃんに同じ質問をしたそうだ。

「どうだった、お姉ちゃん？」

「ううん、どうだろ？　なんかちょっと、雰囲気違ったかも？」

「雰囲気って？」

「元気ないっていうか、疲れてるっていうか。最初は威勢よかったけど、だんだんおとなしくなってきて」

状況は相変わらず好転していないらしい。公太にすら不調を悟られたということは、どちらかといえば悪化しているかもしれない。

「なに喋ったの？」

公太がまた黙った。いやな予感がした。

「なに？　公太、なんかまずいことでも言ったの？」

「言ってないよ」

公太はうそをつくとき声が上ずる。あたしは優しくうながした。

「怒んないから、教えて？　ね？」

公太が息を吸いこむ音が聞こえた。

「早く東京に帰ってくれって言った。愛美が戻ってきてくれるように。そしたら……」

「そしたら？」

お姉ちゃんは他人から指図されるのが大きらいだ。ましてや公太から文句を言われて、おとなしく従うはずもない。

「自分じゃなくておれのせいだって」

「なにが？」

「愛美が東京行っちゃったのが。意味わかんねえ。なあ、そうなの？　おれ、なんか悪いことした？」

お姉ちゃん、不親切すぎる。もう少しかみくだいて説明しないと、公太にはわからない。

「別になにかしたってわけじゃないよ。ちゃんとひきとめられなかった公太にも責任があるって言いたかったんじゃない？」

「ひきとめたのに、聞いてもらえなかったんですけど」

公太が恨みがましく反論した。あたしは無視して話を戻した。

「それで？　そのまま別れたの？」

「うん、話したのはそれだけ。あ、あと、車で送ろうかって言ってみたんだよ、一応。なんか顔色も悪かったし」

「さすが、公太」

うれしくなって、口を挟んだ。公太は基本的に優しい。しかもそれが、損得勘定抜きで自然に発揮される。お姉ちゃんも多少は見直してくれたかもしれない。

「即、断られたけどね。バス停のほうに行くのかと思ったら、Uターンしてまた家のほうに引き返してった」

炎天下をとぼとぼと歩くお姉ちゃんの姿が思い浮かんで、胸が痛んだ。あの町は東京とは違う。車がなければどこにも行けない。自転車にも、日傘をさしては乗れない。

「今度どっか連れてってあげてよ。車で」

「おれが？」

公太がすっとんきょうな声を上げた。

「いい機会じゃない。きっと仲よくなれるよ」

急に思いついたわりには、いい考えだった。お姉ちゃんもそれなりに恩を感じるはずだし、一緒に過ごしているうちに公太の魅力をもっと理解し、認めてくれるだろう。

「ね？　お姉ちゃんにも連絡しとくから」

「そんなにうまくいくかなあ」

まだ疑わしげではあるものの、公太もその気になってきたらしいのが声でわかった。根が素直なのだ。忠犬だの単細胞だのとお姉ちゃんはこきおろすけれど、得体の知れない柏木さんよりは、ずっといい。

＊

フロントガラスの向こうに、ピンク色の巨大な建物が見えてきた。手前に大きな看板がそびえ立ち、スーパーやドラッグストアや家電量販店の名前が並んでいる。国道を挟んで反対側には海が広がっている。

わたしはカーナビにちらりと目をやった。まっすぐな一本道の途中で、赤い矢印が点滅している。表示されている地名を確認してから、正面に向き直る。特徴のないカーナビの画面も、行く手に広がっている光景も、二、三十分前にまったく同じものを見た気がしたのだが、地名だけは一応変わっていた。ショッピングモールの前を過ぎたら、ファミレスとレンタルＤＶＤショップとパチンコ屋あたりが続くだろう。

ハンドルを握り直し、前方に集中する。同じところをぐるぐる回っているのではないかというのは錯覚で、ともかく前進はしているようだった。実家を出てしばらくは田んぼと畑で視界が緑色に塗りつぶされていたので、それと比べればましな気もする。愛美のまるっこいオレンジ色の軽自動車も、小回りがきいて運転しやすい。

もしぐるぐる回っているだけだとしても、かまわない。少なくとも時間はつぶせているわけだから。

近所の散歩は一日でこりた。外にいた時間はほんのわずかだったのに、隣近所から母に続々と問いあわせが入ったのだ。昨日は昨日で、母について農協と市場へ買いものに行ったところ、数分おきに話しかけられた。どうして帰ってるの、いつまでいるの、と今度は直接質問された。のらりくらりとかわしているうちに相手もあきらめ、どうでもいい噂話がはじまったけれど、次に会った知りあいとの会話では、わたしの話題も追加されるに違いなかった。どこへ行っても顔見知りだらけのこんな環境に、愛美も母もよく耐えられるものだと思う。

かといって、日中に家でごろごろしているのもくつろげない。柏木はもちろん、会社の同僚や上司や友達や、今この瞬間にも東京で働いているはずの人々のことを、つい思いめぐらせてしまう。

海外旅行に出かけたときと少し似ている。学生の頃は外国に出かけるたびに、もうじき日本は真夜中だとか、そろそろ起き出す時間だろうとか、いちいち時差を計算したものだった。連絡を取りたいわけでもなく、単純に、海の向こうから日本を想うのが好きだった。置いてきた日常が他人ごとのように遠く、体がひどく軽くなった。

言うまでもなく、ここと東京に時差はない。ただ、はるかかなたから身になじんだ場所に想いをはせる、ふわふわした非日常感には、どこか通じるものがある。かつてわいてきた、異国の街をやみくもに駆け回りたくなるようなみずみずしい解放感は、今や苦しい胸騒ぎに変わっているけれども。

市街地に入り、駅前のロータリーに面したデパートに車を停めた。

つい先週まで愛美が働いていた店だ。郊外のショッピングモールにお客をとられて苦戦していると聞いてはいたものの、だだっ広い地下の駐車場があまりにもがらがらに空いていて心配になる。仮にも市の中心にあたるターミナル駅に面したデパートが、こんな調子で大丈夫なのか。さっき車窓越しに眺めたロータリーも、やけに閑散としていた。

実家のあたりに住んでいる人間にとって、車で一時間足らずの距離にあるこの街は、最寄りの――かつ唯一の――「都会」だ。日常的に出かけられる範囲では、街とぎりぎり呼べるくらいにぎわっているのはここしかない。子どもの頃、年に数回ほど両親に連れてきてもらうのを、わたしは心待ちにしていた。ちょっとしたものを買ったり、適当な店で昼ごはんを食べたり、たいしたことはしなかったけれど、ともかく街に出るだけでうれしかった。愛美はおもちゃやおやつをねだり続け、帰るときにはちゃっかり戦利品を携《たずさ》えていたが、わたしは街なかをただ歩いているだけで満足だった。空気が悪いと顔をしかめている両親の横で、逆に呼吸が楽になっていくのを感じた。

ささやかな外出の習慣がとぎれたのは、わたしが小学校三年生か四年生のときだっただろうか。どういうわけか、愛美がひどい車酔いに悩まされるようになったのだ。出発して五分も経たないうちに気分が悪いと訴え、さらに五分後には実際に吐いた。電車を使うとなると、家から駅までの移動や待ち時間も入れたら二時間近くかかり、子連れでは明らかに不便だった。もともと出不精《でぶしょう》の両親にとって、無理をしてまで出かける必要もないというのはごく自然な判断だっただろうが、むろんわたしには納得できなかった。愛美を置いていけばいいと母に提案してみたこともあった。愛美が世界の終わりみたいに泣いて、わたしはしかられた。お姉ちゃんなのにわがまま言わないで。愛美がかわいそうでしょう。ため息まじりにたしなめられて、ますます納得がいかなかった。わがままなのは愛美で、かわいそうなのはわたしだ。愛美が勝手な都合で家族を振り回し、わたしが犠牲になっている。

その愛美からメッセージが入っていることに、エレベーターホールで気づいた。

気分転換がてら、お姉ちゃんも出かけてみたら？　よかったら公太に車出してもらってよ。遠慮なく使ってやってね！

この間ばったり会ったのを、忠犬がご主人様にさっそく報告したのだろう。それにしても、使ってやって、という言い回しがすごい。車と同列に並べられても、あの公太ならこたえないのか。突如《とつじょ》はじまった遠距離恋愛にそうとうめげているようだったのに、それでも文句も言わずに引き受けてしまうのか。万が一、わたしが愛美の相手を柏木に頼むとしても、使ってやってね、なんて絶対に言えない。そもそも、愛美がわたしの部屋で暮らしはじめたことすら、まだ伝えそびれている。出張から帰ったら電話をくれるかと期待していたのに、メッセージが届いたきり、しかも無事に帰国したと報告する事務的な文面で、とりあえず返信は打ったものの、愛美のことは切り出しづらかった。柏木と愛美をふたりきりで会わせるのも気が進まない。ふたりを信用していないわけではないけれど、わたしをさしおいて愛美が柏木をひとりじめするなんて不条理すぎる。

エレベーターのドアが開いた。中には誰も乗っていない。携帯電話をジーンズのポケットにつっこんで、足を踏み出す。

愛美に比べてわたしの心が狭いということでもないと思う。逆の立場だったら、わたしだって平気だ。自分を溺愛している婚約者になら気軽に頼める。遠慮するような仲でもない。いや違う。愛されているとか結婚するとか、そんなのは関係ない。単純に、愛美の世話を焼いてもらうのは負担が重すぎて気がひけるのだ。どこかを案内するにせよ、食事をつきあってやるにせよ、時間も手間もかかる。おまけに柏木は忙しい。田舎娘の東京観光につきあわせるのは申し訳ない。

エレベーターが動いていないことにはっと気がついて、あわてて案内表示を見上げた。愛美が働いていた「ヤングファッションのフロア」は三階らしい。

三階で降り、ぶらりと一周する。何年ぶりだろう。店の入れ替わりはあるはずだが、全体の雰囲気にはなんとなく覚えがある。中学のときは、往復四時間の距離にもめげず、毎週末のようにこの街へ通っていた。買いものも映画も、カラオケもボーリングも、すべて用が足せた。友達と駅前をぶらつき、ケーキを食べ、まさにこのデパートで愛美の誕生日プレゼントを選んだ。高校に入って一番うれしかったのは、この駅が通学路の途中にあたり、乗り換えのついでにいつでも寄り道できるようになったことだった。

たとえば愛美や同級生たちのように、ここが都会だとのんきに喜んでいたわけではない。修学旅行で東京を訪れてから、わたしの頭には本物の「都会」の姿がしっかりと焼きつけられていた。それでも、ターミナル駅の雑踏にだんだん慣れていくのは、喜ばしいことではあった。この街は通過点に過ぎなくても、本来わたしがいるべきもっと大きくて広々とした場所に、着々と近づけている実感があった。

わたしはここを、通り過ぎた。すでに過去となった街に、特別な愛着もない。ただ、車を出そうと決めたとき、ひさしぶりに行ってみようかと思いついたのだった。他に行き先のあてもなかったし、さすがにここまで来れば、そこらじゅうで知りあいに出くわすようなこともないとも思った。

その期待は、一応あたっている。知りあいもなにも、お客がいない。売り子たちはぼんやりとブースの片隅に立っていたり、レジの後ろでお喋りに興《きょう》じていたり、とにかくひまそうだ。東京だと、こういった服屋の店員はおしゃれに命をかけている印象があるけれど、そんな気合も感じられない。あかぬけないし、覇気《はき》もない。愛美も毎日彼女たちにまじって過ごしていたのかと考えたら、ため息が出た。

エレベーターに引き返そうとして、足がとまった。

高校時代によく着ていたカジュアルブランドの店が、まだあった。ねらっている客層は大学生やＯＬあたりだろう、黒やベージュや紺といったひかえめな色遣いとシンプルなデザインがおとなっぽくて気に入っていた。なんとはなしに、ブースに近づく。マネキンの着ているワンピースや、つるされている他の商品を見る限り、路線は変わっていないようだ。店先のラックに、とろりとやわらかそうなシルクのブラウスがかかっている。

乳白色の生地にそっとふれてみて、わたしはすぐに手をひっこめた。さわり心地が予想と違った。しゃりしゃりしている。シルクではなく化繊《かせん》らしい。表面の光沢も、よく見るとてらてらして安っぽい。顔を上げて、ぎくりとした。ブラウスだけではなかった。一見変わっていないように思えた店内の様子も、微妙に以前と違っている。どこがどうと具体的には言えないが、確実に違っている。

「いらっしゃいませぇ」

奥から出てきた店員が、おかしな節《ふし》をつけて声をかけてきた。全身を自店の服でかためているのが妙にやぼったく見える。わたしは回れ右をして、店を離れた。

目についた下りのエスカレーターに乗った。もう帰ろう、と思った。来てみてわかった。よくわかった。ここはやっぱりわたしのいるべき場所じゃない。

つったっているわたしを押しのけるようにして、小さな子どもが駆けおりていく。

「けんちゃん」

後ろで母親が呼んでいる。

「けんちゃん、危ないよ。待ちなさい」

やわらかい声に、聞き覚えがある気がした。知りあいだろうか。顔をふせなければと考えながら、なぜかわたしは振り向いていた。

「聡《さと》ちゃん？」

エスカレーターの数段上で、沙織《さおり》が目をまるくしてわたしを見下ろしていた。

ランチの時間には遅いのに、国道沿いに建つファミレスは混んでいた。名前にふさわしく親子連れが多い中に、高校生や大学生らしきグループもまじっている。

案内された窓際の席で、沙織はにっこりして口を開いた。

「ひさしぶりだね」

ぽっちゃりした丸顔も、右頰に浮かんだえくぼも、小学生の頃と変わらない。中学時代に悩まされていたにきびが消えた肌は、なめらかに白かった。そばかすが目立っているのだけが惜しい。

「うん。ひさしぶり」

きちんと化粧をしてきてよかったとひそかに安堵しつつ、わたしも応じた。沙織とは幼稚園から中学校までずっと一緒に過ごしていたのに、いつのまにか離れている時間のほうが長くなってしまった。特にわたしが東京に出てからは、数えるほどしか顔を合わせていない。最後に会ったのは六年前、沙織が長男の拓斗《たくと》を出産した直後のことだ。

わたしは就職したばかりだった。ちょうど年末の帰省と重なったので、お祝いを持って実家を訪ねた。あのときはまだ、大学の友達も会社の同期も、大半が子どもはおろか結婚さえしていなかったから、出産祝いを買うなんて生まれてはじめてだった。はりきって自由《じ》が丘《ゆうおか》のベビー服専門店まで足を延ばし、悩んだ末に紺色のつなぎを選んだ。淡いパステルカラーが圧倒的に多い中で、濃い色も新鮮に見えたのだ。地味なようでいて、袖口とくるぶしに赤いてんとう虫の刺繍《ししゅう》がこっそり歩いている。おしゃれだねえ、もったいなくて着せられない、と沙織も感激してくれた。

「ひさしぶり！　ひさしぶり！」

母親たちの会話に加わろうとやっきになって連呼しているのは、しかし拓斗ではなく、次男の健斗《けんと》だ。拓斗は幼稚園の後、友達の家に遊びにいっているという。

「けんちゃんはひさしぶりじゃないよ。はじめまして、でしょ」

沙織に訂正され、危なっかしい発音で復唱する。

「はじめ、まして」

拓斗よりも三歳下の健斗が生まれた頃には、わたしもだいぶ仕事が忙しくなってきていて、お祝いを郵送しただけですませてしまった。確か同じ店で、色も同じく紺にしたように思うが、拓斗のときほど時間をかけて選ばなかったせいか印象が薄い。下の子を差別したらかわいそう、と愛美が憤慨していたのだけ覚えている。

愛美は沙織によくなついていた。小さいときは、わたしと沙織が遊んでいるとよく割りこんできた。わたしが追いはらおうとしても、沙織がかばった。生来の優しい性格に加えて、ひとりっ子なので妹という存在が珍しかったようだ。わたしたちが別々の高校に通いはじめて疎遠になってからも、愛美は愛美で沙織と連絡をとっていた。境遇が似ているから話も合うのかもしれない。沙織は高校を卒業した後、数年間の会社勤めを経て、中学時代からつきあっていた恋人との結婚を機に仕事を辞めた。愛美もおそらく数年後には、ふたりほど子どもを産むだろう。

「はじめまして！　はじめまして！」

健斗はむっちりした両手を振り回し、こわれた楽器のように繰り返している。三歳児と接するのにどんな声色と口調がふさわしいのか、考えかけてはみたものの見当もつかず、はじめまして、とわたしは普通に答えた。

写真入りの年賀状で成長を追っていたつもりでも、実物を見るとまた違った感慨がわく。次男がこれだけ勢いよく育っているのだから、長男はどんなに大きくなっているだろう。拓斗のほうにも、赤ん坊のとき以来会っていない。またうちにも遊びに来てね、と年賀状には毎年書き添えてあるけれど、両親ともに顔見知りだった実家のほうならいざしらず、義父母との二世帯住宅に押しかけるわけにもいかない。嫁の幼なじみが三十歳を目前にしてまだ独身、しかも東京で働いていると聞いて、向こうの家族がどういう反応を示すかも考えたくない。

「はじめまして！」

なぜ叫ぶのかがわからない。新しい言葉を覚えてうれしいのか、初対面のおとなと会って興奮しているのか。後ろの席に座っている若いカップルが、けげんそうにこちらを振返った。

「けんちゃん、声が大きすぎる。お外でうるさくしたらだめだよ」

沙織が健斗の肩に片手を置いて、ぽんぽんと軽くたたいた。白い半袖のブラウスからふっくらした二の腕がのぞいている。ことさらに幼児語は使っていないのに、わたしと違ってもともとゆっくりした喋りかたなので、なんだか様《さま》になっている。これが母性というものだろうか。

「みんなびっくりしちゃうでしょ？　ね？」

健斗がこくりとうなずいて、突然おとなしくなった。けっこうしつけが行き届いているのかもしれない。沙織はふだん穏《おだ》やかな分、たまに怒ると迫力がある。

「ちょっと緊張してるみたい」

沙織は健斗にメニューを渡し、わたしのほうに向き直って小声で言った。

「この子、けっこう人見知りでね。知らないひとがいると、意識しすぎて声が大きくなっちゃうんだ」

「へえ。下の子なのにね」

次男や次女には、概して陽気で社交性のある子どもが多いような気がする。自分自身の経験に鑑《かんが》みてもそうだ。

「そう？　愛美ちゃんだって人見知りじゃない？」

「全然違うよ。子どものときから、知らないひとにも喋りまくってたよ」

「気を遣ってそうなっちゃうんでしょ？　この子もそうだよ」

健斗は静かにメニューに見入っている。たしなめられて反省したというよりは、料理の写真に熱中しはじめたようだった。一ページ目から小さな指でひとつひとつなぞり、丹念に眺めている。

「ああ、まずい。これは長くなるかも」

沙織が肩をすくめ、首をかしげた。

「聡ちゃん、時間は大丈夫？　この後の予定は？」

なぜ帰ってきたのかと聞いてこないところに、沙織の配慮を感じる。考えすぎだろうか。

「ううん。今日は別に」

遠回しな返事になってしまった。今日どころか昨日も明日も、予定なんかなにひとつないくせに、われながらいじましい。

「沙織、すっかりお母さんだね」

わたしが半《なか》ば強引に話をそらすと、

「そうかな？　あんまり考えたこともないけど」

と沙織はきょとんとして応じた。本当にあんまり考えていないんだろう、と思う。こういうところも愛美と沙織は似ている。現状に疑いを抱かず、なせばなるとばかりに、すべてをおおらかに受け入れてしまう。

「聡ちゃんは相変わらずきれいだね」

にこやかに切り返され、わたしはどぎまぎしてさえぎった。

「そんなことないよ」

「そんなこと、あるよ」

沙織が首を振る。ますます居心地が悪くなる。さっき沙織のそばかすに注目してしまったことが、今さら恥ずかしくなった。

沙織は昔からこうやって、無邪気にわたしのことをほめた。やっかむでもなく卑屈になるでもなく、ただ純粋に肯定してくれた。わたしはきまり悪くなる一方で、いつのまにか肩の力がすうと抜けているのだった。

「きれい」

メニューに没頭していた健斗まで、上目遣いで口を挟んだ。沙織が息子の頭をつるりとなでた。

「けんちゃん、きれいな若いお姉さんが大好きなんだよねえ」

「だよね！」

健斗が元気な声を張りあげ、わたしはふきだした。

「ありがとう」

健斗の目を見て言った。別にきれいでも若くもない、と幼児相手に謙遜《けんそん》してもはじまらない。どいたしまして、と健斗が得意げに応じた。

「けんちゃん、なに食べるか決まったの？」

「おさかな！」

指さしたのは、塩さば定食だった。とろろと玄米ごはんと味噌汁《みそしる》がついている。

「お子様ランチとかじゃないんだ」

「この子、本当に魚が好きなの」

「へえ、渋いね」

「しぶいね！」

健斗が高らかに復唱した。

健斗の「おさかな」好きは本物だった。

「ママ、おさかな！」

「おさかなだねえ」

「たこ！」

「たこだねえ」

水槽から水槽へと駆け回る息子を、沙織はゆったりと追いかける。わたしは半歩ほど遅れてついていく。

さばをぺろりと食べ終えた健斗が、どうしても魚を見にいきたいとだだをこねはじめたのだった。

こぢんまりとした水族館は、実家に程近い、海水浴場のそばに建っている。他にはなにもない町だけれど、海沿いなので町立の水族館があるのだ。わたしたちの通っていた小学校でも、遠足の定番になっていた。

「さめ！」

健斗がぺたりとガラスにはりついて動かなくなったのを見届けて、沙織がわたしのほうを振り向いた。

「ごめんね。すっかりつきあわせちゃって」

無理しなくていいよと沙織は遠慮してくれたが、健斗が手足をばたつかせて絶叫した。だめ、さとちゃんもいくの！　こういうとき絶対に譲ろうとしないのは、さすが次男だ。わがままを通すことに慣れている。

「いいよ。どうせひまだし」

今度は素直に言えた。たとえ相手が三歳児でも、あれだけ一生懸命に誘われたら悪い気もしない。

それに、ちゃんと見て回ってみたら、なかなかおもしろい。田舎のひなびた水族館にたいした見ものもないだろうと高をくくっていたけれど、水中生物の造形は見ていて飽きないし、水槽に添えられた説明も充実している。「刺されたら命はありません」という猛毒のくらげを見つけておののき、うなぎの水槽の「今が旬！」という寿司屋みたいな看板に苦笑した。

さめの隣にある深海魚の水槽には、「ここで孵化《ふか》しました。今年で五歳になります」と記されている。鎧《よろい》のようなうろこで守られた魚は、狭い水槽の底でじっと動かない。えさの心配がなく外敵にもおびやかされない反面、広い海を知らない生涯は、幸福なのか不幸なのか。

「海へ出たことのない魚なんだね」

しんみりと眺めているわたしの横で、沙織もつぶやいた。同じようなことを考えていたのかもしれない。

健斗がさめを堪能するのを待って、屋根のついたテラスに出た。むわりとした熱気が全身を包む。正面に広がる海から、潮のにおいをはらんだ風が吹きつけてくる。空も海も、どこまでも青い。

　壁沿いにめぐらされた柵の向こうに、ペンギンが数羽いた。プールで泳いだり、とことこ歩き回ったり、たいくつそうに宙を見つめたり、思い思いに過ごしている。健斗と同じような年頃の子ども連れが何組か見物している。

　わたしたち家族も、一度だけ四人で来たことがあった。確かわたしが小学校に入ったばかりで、愛美はまだ幼稚園だった。魚がにらんでる、と愛美が泣きわめき、ものの五分で退散するはめになったと話すと、沙織はくすくす笑った。

「愛美ちゃんの結婚式、いつだっけ」

「十月。いろいろ準備が大変みたい」

「そっか、もうすぐだね」

　健斗がペンギンに釘づけになっているので話しやすい。ファミレスでは、自分以外の話題になるとぐずり出し、他の話がほとんどできなかった。

「愛美ちゃん、披露宴に子どもたちも呼んでくれるって。迷惑かけそうでこわいけど」

「大丈夫じゃない？」

「今、適当に言ったでしょ」

　沙織が唇をとがらせた。

「ごめん」

わたしは笑って謝った。確かに、沙織と話しているときは、あれこれ考える前に言葉がぽんと口から出てくる。

「そうだ聡ちゃんは？　そういう予定、ないの？」

うきうきした口調でたずねられ、ひやりとした。ひかえめで口数も多くない沙織は、見かけによらずそういう話に目がない。

「前に言ってた大学の先輩とはどうなってるの？」

「先輩？」

意外なことを言われて、面食らった。この間会ったとき、そういえば軽く話したかもしれない。その恋人とはまもなく別れた。今どこでなにをしているかも知らない。

「そっか。うまくいってるみたいだったのに」

沙織が残念そうに言う。そう聞こえたのだとしたら、わたしが見栄を張ったからだろう。すでに気持ちは冷めていた。

わたしが在学中に、ひと足先に社会に出た彼はおとなに見えた。仕事にかける熱意や職場での苦労話を聞いて、素直に尊敬した。ところが卒業して同じように働きはじめてみたら、その話が愚痴《ぐち》にしか聞こえなくなった。わたしの入った会社のほうが彼の勤め先より知名度や初任給が高かったのも、よくなかったかもしれない。

とはいえ、わたしも就職活動では苦戦した。

本当は、今勤めている会社ではなく、外資の化粧品メーカーをねらっていた。実力主義で若いうちから活躍の機会が与えられる、有能な人材が集まっていて成長できる、と学生の間で絶大な人気を誇《ほこ》る企業だ。海外勤務の可能性もある。

「でも、つきあってるひとはいるんでしょ？」

「まあ、一応」

柏木は転職してくる前、その化粧品会社で働いていたのだった。二年ほどスウェーデンにも赴任していたという。初対面のとき、すばらしい会社らしいですね、とほめたわたしに、評判ほどのこともないと余裕で笑ってみせた。確かに優秀な社員は多いし、社内のしくみもととのってるけど、他にもそういう会社はいくらでもあるから。

さらりと言われて、内定を求めて右往左往していた、頼りない学生の頃に引き戻されたように感じた。働きはじめてからは、仕事に誇りを持てるようになったけれど、当時は本気で絶望したのだ。家族にも友達にも、第一志望に落ちたとは言えなかった。知っているのは沙織だけだ。他はみんな、わたしが希望どおりのところに就職したといまだに信じている。

「ねえねえ、どんなひと？」

十代の頃と同じように、沙織は声をはずませる。

「同じ会社の同僚。年は四つ上」

「へぇえ。聡ちゃんは年上派だもんねえ」

結果的に年上になってしまうだけで、年齢がすべてではない。ただ、恋人にするなら、わたしよりも優れたひとがいい。彼に追いつくために、自分を磨きたくなるような。

柏木はまさに理想の相手だ。

「社内恋愛かあ、ドラマみたい。毎日楽しそう。部署も同じなの？」

「隣だけど、会議とかで一緒になることはあるよ」

「ふうん、ほんとにすぐ近くで働いてるんだね。仕事でも助けてもらえるね」

沙織はすっかり盛りあがっている。答えるかわりに、わたしは肩をすくめた。

柏木はいつも的確な意見や忠告をくれる。ただし、手とり足とり指示するのではなく、あくまで方向を示すところまででとどめる。全部教えてもらえば楽で早くても、わたしの身につかないから、あえて踏みこみすぎないように気をつけてくれているのだと思う。同じ部署ではないという気がねもあるだろう。違う部のことに、そうそう首をつっこむわけにもいかない。

今回のことも、そうだ。

「いいなあ。そういうの、あこがれるな」

「いいことばっかりでもないよ。周りに気も遣うし」

短く答えた。あまり無防備に言葉を重ねたら、なにもかも喋ってしまいそうだ。

就職活動中、第一志望に落ちたとき、わたしは柄にもなく弱気になって沙織に電話をかけた。それでもはじめは注意して、前向きに話していたはずだったのに、いつのまにか洗いざらい本音をぶちまけていた。最終選考まで残った。面接でもうまく話せた。なのに、どうしてだめだったんだろう。わたしのどこが問題だったんだろう。なにが欠けていたんだろう。

わたしの話を沙織は黙って聞き、最後にきっぱりと言ってくれた。大丈夫、聡ちゃんにはなんにも問題なんかないよ。

「そういえば」

沙織が思いついたようにわたしのほうへ向き直った。

「聡ちゃん、今って夏休み？　どのくらいこっちにいるの？」

胸に、それから腰に、相次いで衝撃がきた。胸には内側から、腰には外側から。

「マーマー！　さとちゃーん！」

わたしたちの間を割って入るように、健斗がつっこんできたのだった。涙と鼻水でぐちゃぐちゃになった顔を真っ赤に染め、両手をめちゃくちゃに振り回している。

「ああ、ごめんごめん」

沙織が健斗を抱きあげ、わたしはいたたまれずにうつむいた。会話に熱中して健斗の存在を忘れていた。

「ママー!」

沙織の首にしがみつき、健斗がくぐもった声を出した。きっと何度かこちらに声をかけていたのだろう。不安だったに違いない。気の毒なことをしてしまった。

健斗の大声をいぶかしむかのように、ペンギンたちが柵の縁まで寄ってきて外をのぞいている。他の家族連れもちらちらとこちらをうかがっていた。ペンギンと人間の目を気にする様子もなく、沙織はゆっくりと健斗の背中をさすっている。

「ごめんね、ママが悪かった。ついお話に夢中になっちゃってた」

わたしは思わず沙織の顔を見た。

沙織の声はあまりにものんびりしていたのだ。お喋りに気をとられてわが子のことがお留守になるなんて、非難されてもおかしくないし、実際にもの言いたげな視線も感じるのに、およそ緊迫感に乏《とぼ》しい。健斗も健斗で、ぐしゃぐしゃの顔をあっけなくほころばせている。母性という言葉が、再びわたしの脳裏をよぎった。

泣きやんだ健斗の手をわたしと沙織で片方ずつつなぎ、屋内へ戻る。三人並んで館内をめぐった。

最後の水槽に、海亀がいた。ずんぐりとした体は健斗と同じくらい大きく、ごつごつした甲羅《こうら》がいかにも硬そうだ。ぎょろりと両目を見開いてにらみつけられ、健斗がひゅっと息をのんで後ずさる。

「きずついていたかめさんも、このじゅうねんですっかりげんきになりました」

子ども向けのひらがなだらけの説明文を、沙織が健斗に読んでやった。衰弱してこの近くの海岸に打ちあげられ、保護されたらしい。いかつい外見からは想像しにくいが、死にかけているところを拾われた、哀れな亀なのだった。

「いまではまいにちまいにち、おいしいおさかなをぱくぱくたべています」

「ぱくぱく」

健斗がうれしそうに繰り返した。体温の高い、湿った小さな手のひらを握ったまま、わたしは水槽をのぞきこむ。ぼろぼろになってへんぴな漁港に流れ着いてしまった海亀と、ガラス越しに目が合った。

しばし、見つめあう。わたしはまだ食欲が出そうにない。でも十年も待ちたくない。

亀がゆらりと身をひるがえした。手足をひらひら動かして、悠々と奥へ泳いでいく。わたしのほうは一度も振り向かずに、さんごの後ろに隠れて見えなくなった。

＊

待ちあわせの六時五分前に、柏木さんはハチ公前に颯爽《さつそう》と現れた。おとといとよく似た、黒いスーツ姿だった。

「イタリアンでいいかな？　トスカーナ料理なんだけど」

「はい。楽しみです」

トスカーナってなんですか、と聞き返すかわりに、あたしは元気よく返事した。ピザもスパゲッティーも大好きだし、物知らずだと思われたら困る。厳密にいえば、あたし自身は別に困らないけれど、妹が物知らずだと思われるのをお姉ちゃんはいやがるはずだ。それに、あたしには柏木さんの正体を暴くという重要な使命もある。あまり弱みを見せてはいけない。

スクランブル交差点では、信号待ちの人々が歩道をびっしりと埋めていた。ネオンのついた看板、ビルの壁にはめこまれた巨大なテレビモニター、アイドル歌手の新曲を宣伝するトラック、なにもかもが音と光で存在を主張している。人々のざわめきやら音楽やら車のクラクションやら案内のアナウンスやらが渦巻き、濁流になって耳に流れこんでくる。

渋谷には、高校の修学旅行でも来た。班単位での自由行動の日、東京タワーや浅草《あさくさ》といった選択肢のうち、渋谷周辺が断然人気があった。といっても、特に観光するわけでもなく、お店をのぞいたりクレープを食べたりしながら歩き回るだけだった。とにかく混んでいるというのを除けば地元で遊ぶのと変わらないんじゃないかと内心あたしは思いつつ、熱に浮かされたみたいにはりきっている友達にはそうも言いづらかった。一緒にはしゃぎ、はしゃいでいるうちにだんだん気分も乗ってきて、結局よけいに疲れてしまった。

当時、すでに東京で大学に通っていたお姉ちゃんに後から話したところ、ベタだなあ、とばかにされた。渋谷ってあんまり好きじゃないな、うるさいし、ごみごみしてるし。ちょっとはずして代官山《だいかんやま》とか表参道《おもてさんどう》とかのほうがおしゃれだよ。相談しようと電話したのに出てくれなかったと指摘するのはがまんした。とぼけられるのが目に見えていた。自分もはじめて渋谷に行ったときにはめちゃくちゃ興奮してたくせに、と言い返すのもひかえた。激怒されるのが目に見えていた。

信号はなかなか変わらない。甘いにおいが鼻をかすめ、隣に目をやると、女子高生がふたり並んでクレープをかじっていた。隙《すき》のないフルメイクで、茶色の髪はきれいにカールしている。カラオケ行こっか、いやファミレスのがいいんじゃね、とかしましく相談しているこの子たちは、東京で生まれ育ったんだろうか。クレープのにおいを吸いこんだら、くるくるとおなかが鳴った。

ようやく横断歩道を渡り、センター街のゆるやかな坂道をふたり並んで上る。さっきよりはましだが、やはり混んでいる。あたしたちの前には、セーラー服を着た女の子と、父親らしき背広のおじさんがたらたらと歩いている。歩道が狭くて追い越せない。

「大漁だね」

あたしが両手にぶらさげている紙袋を見て、柏木さんが楽しそうに言った。ほめられたようで、少しうれしくなる。

修学旅行のときと違って自分の好きに見て回れたからか、予算もそれなりにあるからか、買いものはすごく楽しかった。しかも、どこもかしこもセールの最中だ。駅近くのファッションビルでかもめの柄が入ったTシャツ、古着屋でキッチュな花模様のワンピース、キャンバス地のデッキシューズも買った。渋谷と原宿《はらじゅく》のちょうど間にある雑貨屋では、一番時間をかけて店中を物色した。ばらの花束をかたどった髪どめ、色とりどりのビーズを連ねたブレスレット、ぶさいくなスーパーマンのアップリケがついたポーチ、鳥のかたちの一筆箋《いっぴつせん》、どれもかわいくて安かった。

「どうもどうも、こんばんは」

坂の途中で茶髪の若い男のひとが現れて、前を歩く親子に明るく声をかけた。車道にはみ出していて危なっかしい。知りあいかと思いきや、話しかけられたふたりは足をとめるどころか返事もしない。よく見ると、男のひとは腰に黒いエプロンを巻き、メニューらしきものを手にしていた。

繁華街では客ひきや勧誘が多いから気をつけるようにとお姉ちゃんには言われた。とにかく無視するんだよ。話を聞いちゃだめだからね。

それがけっこう難しい。昨日も今日も、数えきれないほど声をかけられた。アンケート、手相の勉強、署名集め、どれも問題なさそうに聞こえたけれど、ゆだんは禁物だというお姉ちゃんの言いつけに従ってすべて断った。断るたびに、気がとがめた。前のふたりと同様、なにも聞こえなかったかのように通り過ぎる人々が多く、向こうも慣れているようで無理強《じ》いはされないものの、後味が悪い。

「こんばんはぁ。居酒屋いかがですか？」

あきらめたらしい呼びこみの店員が、今度はあたしたちに話しかけてきた。車道側の柏木さんが首を振り、やんわりと断ってくれる。前に向き直ったら、いつのまにか女の子とおじさんが腕を組んでいて、ぎょっとした。

バス通りからそれて一本裏の道に入ると、いきなり周りから音が消えた。

「渋谷って駅近くはうるさいけど、ちょっとはずれると落ち着くんだよ」

柏木さんがにこにこして説明する。

「いい店もけっこう多いんだ。知るひとぞ知る、っていうのかな」

知るひとぞ知る。お姉ちゃんが喜びそうな言葉だ。すごいですね、とあたしは無難な相《あい》槌《づち》を打ってみた。

さらに細い小路へと折れる。古びたビルが軒《のき》を並べている。横に並ぶには道幅が狭すぎて、縦一列になった。薄ぼんやりとした街灯の光でかろうじて足もとが見える。

静かすぎて、だんだん不安になってきた。こんな場所にレストランがあるんだろうか。変なところへ連れていかれたらどうしよう。いざとなったら、全速力で逃げるしかない。こっそり後ろを振り返る。人影はない。

袋小路のつきあたりに黄色いあかりが見えてきたときには、ほっとした。

「あそこだよ」

柏木さんが振り向いて言う。かわいらしい白壁の一軒家だった。軒先に看板がぶらさがっているので、民家ではなくレストランだとわかる。真ん中にチョコレート色のどっしりした木の扉があり、その左右にひとつずつ窓がはまっていて、すりガラス越しに中の光がこぼれている。人間の家というより、絵本や童話に出てくる森の中のおうちみたいに見える。くまやこびとが、ひそやかに楽しく暮らしているような。

「どうぞ」

柏木さんがドアを開けてくれた。おいしそうなにおいに誘われて、あたしはふらふらと足を踏み入れた。ぱりっとした白いシャツに紺色のネクタイをしめた恰幅《かっぷく》のいい店員がきびきびと近づいてきて、うやうやしくおじぎした。

「柏木様、お待ちしておりました」

「ああ、ひさしぶり」

柏木さんが片手を上げて会釈した。

案内された席は奥の壁際だった。壁のほうがソファ、手前が椅子になっている。真っ白のクロスがかかったテーブルの上に小さなまるいろうそくが据えられ、オレンジ色の炎がゆらめいていた。

柏木さんにうながされ、あたしはソファのほうに腰を下ろした。店内の様子がすべて見渡せる。こんな立地なのに、十近くあるテーブルはすべて埋まっている。どこもカップルか、そうでないにしても男女のふたり連れだった。男のひとは柏木さんのようにスーツ姿が多く、女のひとはみんなきれいに着飾っている。Tシャツにショートパンツ、ぺたんこのビーチサンダルというラフな服装のお客は、あたしの他にいない。しかも汗くさい。

「すみません」

柏木さんにならってナプキンを膝の上に広げてから、あたしは小声で謝った。柏木さんが首をかしげる。

「なに？　どうしたの？」

「あたし、こんな格好で。場違いですよね」

「いいよいいよ、気にしなくて」

柏木さんは鷹揚《おうよう》に答えた。

「見た目で客を差別するような店じゃないから。堂々としてたらいいよ」

店によっては差別されかねない、貧相な格好ですみません。とは、もちろん口に出さなかった。柏木さんはいやみを言っているつもりはなさそうだ。店のひとも、少なくとも表面上は、感じよく接してくれている。誰に迷惑がかかるわけでもない。確かに堂々としていればいい。

お姉ちゃんもこの店には来たことがあるんだろうか、とふと思う。お姉ちゃんなら、この状況で開き直るのは難しそうだ。というより、こんな気の抜けた服装で柏木さんと会うこと自体、ありえない。家の近所に出るのさえ躊躇《ちゅうちょ》するかもしれない。

「お飲みものはどうなさいますか?」

近づいてきた店員にたずねられ、戸惑《とまど》った。まだメニューをもらっていない。

「愛美ちゃんはお酒飲めるの?」

今度は柏木さんが聞く。あたしはとりあえずうなずいた。

「じゃあせっかくだから、一杯目は泡でいこうか。どう?」

「はい、ぜひ」

泡、は飲みものの名前らしい。この話の流れだと、なにかしら炭酸の入ったアルコールなのだろう。できれば生ビールが飲みたい。発泡酒かハイボールでもいい。暑い中を歩き回って、のどがかわききっている。

「かしこまりました。すぐにお持ちいたします」

店員が慇懃《いんぎん》に一礼して去っていくのと入れ替わりに、もう少し若い別の店員がやってきて、食事のメニューを置いていった。フロアには他にも数人が待機している。こぢんまりとした店なのに、やけに店員が多い。

金色のラベルがついた重たそうな瓶――「泡」はビールでも発泡酒でもなかった――を運んできたのも、また違う店員だった。白いシャツの襟もとに、ぶどうのかたちをした金のブローチをつけている。ワイン係のしるしだろうか。

「お待たせいたしました。本日のスプマンテはこちらです」

「へえ、はじめて見たな。これってどこの？」

「フランチャコルタです。泡がきめ細かくて、口あたりも軽やかです。香りも非常にエレガントで芳醇《ほうじゅん》で、なんと申しますか、柑橘《かんきつ》系やヘーゼルナッツのニュアンスもありますね。余韻《よいん》も長くてすばらしいです」

なにを言っているのか、全然わからない。

「比較的新しい作り手さんで、最近どんどん知名度が上がってきているんです。このヴィンテージは特に評価が高くて手に入りにくいので、お試しいただけてラッキーですよ」

ワイン係が細長いグラスに金色の液体をしずしずと注ぐ。白い泡がつぷつぷとはじけ、グラスの縁に勢いよく盛りあがった。こぼれそうでこぼれない。

「ぶどうは？」

「半分がシャルドネ、あとはピノ・ビアンコとピノ・ネーロがほぼ半々です。瓶の中で何年も二次発酵《はっこう》させておりまして、豊かで複雑な味わいです」

理解不能なやりとりは聞き流し、あたしは華奢なグラスに注目した。底から細かい泡がたえまなくたちのぼっては消えていく。

「では、ごゆっくりお楽しみ下さい」

ワイン係が席を離れた。乾杯、と柏木さんがグラスを目の高さにかかげる。あたしもまねしてグラスを持ちあげた。

グラスを打ちつけようとしたら、柏木さんがさっさと口をつけたのでひっこめた。ひと口飲んでみる。きりりと冷たく、ほのかに酸味があって、おいしい。

「これってシャンパンですか？」

シャンパンは前に一度だけ、友達の結婚式で飲んだことがある。癖のあるにおいがして、あんまりおいしくなかった。こっちのほうがずっといい。

「いや、違う。スプマンテだよ」

柏木さんがグラスを置き、勢いよく首を振った。

「ごめんね。この店はイタリアのワインしか置いてないんだ」

申し訳なさそうに続ける。本物のシャンパンは、フランスのシャンパーニュ地方で作られているものだけなのだという。

「でもおいしいですよ」

本物ではない、ということは、これは偽物なのか。こんなにおいしいのに。あたしとしては、本物でも偽物でも、おいしければかまわないけれど。

「まあ、これはこれでね」

柏木さんが肩をすくめた。

「だけどやっぱり、ワインはフランスが一番だよ。特に赤は、ボルドーじゃないと飲んだ気がしないな。ブルゴーニュのピノも悪くはないんだけどね」

またもやあたしの知らない固有名詞を出して、ひとしきり熱弁する。ワイン係がテーブルのそばを通りかかったときにも話し続けるので、イタリア料理の店で失礼なんじゃないかとあたしははらはらした。柏木さんがメニューを開き、同時に口を閉じてくれて、ひそかに胸をなでおろす。

メニューに書かれている内容も、あたしにはちんぷんかんぷんだった。伝統的な郷土料理がそろっているそうで、アルファベットの下に一応は日本語も添えてあるが、食材の名前や調理法はカタカナ表記になっているだけのことも多く、読んだだけでどんな料理か想像できるものは半分もない。夏野菜の炭火焼きや、トマトとフレッシュバジルのペンネあたりはいい。モッツァレラチーズやラビオリも聞いたことはあるし、シェフの気まぐれサラダや本日おすすめの前菜の盛りあわせというのも、具体的な中身はわからないものの許容範囲だ。でも、アクアコッタ・カゼンティーノだの、トロンボンチーノとペコリーノのパッパルデッレだの、ビステッカ・アラ・フィオレンティーナだのになると、もうお手あげだった。小悪魔ふうとか漁師じたてとかも、わからない。もはや語学の問題ではない。

柏木さんは熱心にメニューに見入っている。おとといも、さっきワインの蘊蓄《うんちく》を聞いているときにも感じたけれど、このひとは集中すると自分の世界に入ってしまうようだ。あたしから質問するのも気がひけて、カタカナの羅列《られつ》をぼんやりと眺めていたら、さっきメニューを持ってきた若い店員が声をかけてくれた。

「なにか気になるお料理はございますか？」

あたしは勇気を出して聞いてみた。

「この小悪魔ふうってどんな感じなんですか？」

「ローストした鶏に、辛めのトマトソースをかけたものでございます」

「辛いのが小悪魔なんですか？　ぴりぴりするから？」

「そうですねえ、そうだと思います」

店員が困ったように首をかしげた。柏木さんが口を挟む。

「ありがとう。もう少し、考えてみます」

「はい。ごゆっくりどうぞ」

そそくさと去っていく店員を見送って、愛美ちゃんっておもしろいな、と柏木さんがあたしに小声で言った。

「どうして小悪魔って言うのかなんて、考えてみたこともなかった」

ばかにしたり、からかったりしているふうではなかった。むしろ感心しているようだった。なんだか気がゆるみ、あたしはつい正直に言ってしまった。

「このメニュー、難しくないですか？」

口にしたそばから、しまった、と思う。弱みを見せたらいけないのに。こんなの常識だろうとあきれられるかもしれない。気をひきしめ直したあたしに、引き続きないしょ話をするようなひそひそ声で、柏木さんが言った。

「まあね。半分くらいはなんのことだかよくわからないよね」

半分だったら、あたしと同じだ。

「こういうときに使える方法、教えようか」

柏木さんはいたずらっぽく続け、はじめに席まで案内してくれた年嵩《としかさ》のほうの店員に合図した。

「前菜で迷ってるんだけど、おすすめってありますか？」

「旬の鮮魚のサオールなどいかがでしょう。本日はいわしをご用意しております。日本の南蛮漬け《なんばんづ》のような感じで、軽くフライして、玉ねぎやハーブと一緒にトスカーナ産のお酢に漬けこんであります。さっぱりしていて、召しあがりやすいかと」

店員がなめらかに答え、柏木さんがあたしに目配せした。なるほど、と思う。料理名をひとつひとつ指して聞くよりもずっと自然だ。水を向けられた相手のほうも、細かく説明しやすい。服を売るときと少し似ているかもしれない。会話の糸口がなければ、売りこみもはじめられない。

「あとは、カプレーゼも夏らしくておすすめです。ブッファーラ、野生の水牛のミルクでできたチーズですね、そちらにフルーツトマトとバジルを加えて、オイルであえてあります」

「愛美ちゃん、どう？」

「おいしそうですね」

「じゃあそのふたつと、前菜の盛りあわせで」

鹿のラグーとポルチーニ茸《だけ》のピチ——手打ち麵《めん》の一種で、太めのスパゲッティーのようなものだという——と、仔牛のポルペッティーネ——粗びき肉をミートボールのようにまるめ、トマトソースで煮こんであるらしい——も頼んだ。メニューを引きとった店員が、空になったあたしのグラスに目をとめた。

「お飲みものはどうなさいますか？」

「愛美ちゃん、強いんだね。顔色も全然変わってないし。僕も負けてられないな」

柏木さんもグラスに残っていた中身を飲み干した。

「もう一杯おかわりする？　それとも、ボトルで白か赤をもらおうか？」

「あたしは、なんでも」

ボトルというのがどのくらいの量なのか、ふだん飲まないあたしにはぴんとこない。実をいえば、自分がお酒に強いのか弱いのかもいまいちよくわからない。お父さんや公太には「いける口」だと言われるときもあるけれど、ビール一缶で顔が真っ赤になるふたりのことなので、あてにならない。

「じゃあせっかくだしボトルにしよう。グラスよりもいいのが選べるし」

「では、いくつか見つくろってお持ちしましょうか」

「そうだな、そうしてもらえますか」

柏木さんが機嫌よくうなずいて、空いたグラスをテーブルの端に押しやった。

柏木さんの言ったとおりだった。ボトルの白ワインは、一杯目の泡のグラスよりさらにおいしかった。続いて運ばれてきた料理も、これまたびっくりするくらいおいしくて、あたしはすっかり楽しい気分になってきた。

三皿の前菜を食べ終わるのとほぼ同時にボトルが空いて、柏木さんが今度は赤ワインを注文した。グラスがさげられ、さらにひと回り大きい、新しいものが出てきた。かたちも違う。ぷっくりとまるくふくらんでいる。

「これもうまいなあ」

味見用に注がれた分をすすり、柏木さんが満足そうに言った。酔っぱらっているようには見えないが、声がだんだん大きくなっている。

「味がしっかりしてるし、香りも深い。イタリアものとは思えない」

うまい、で止めておけばいいのに、ひとこと多い。ワイン係はそれでもいやな顔ひとつせず、あたしのグラスにも注いでくれた。なんともいえない、いいにおいが漂う。

「あ、おいしいです」

「イタリアでもちゃんとしたワインがあるんだな」

せっかくあたしが感激しているのに、柏木さんは相変わらずよけいなことを言って、グラスをくるくると回している。空気を含ませるともっとおいしくなるらしい。やってみたらいいとあたしもすすめられたけれど、なんとなく恥ずかしくてできない。

「ワインがこんなにおいしいものだなんて、知らなかったです」

柏木さんのフランスワイン講座が再開してしまう前に、あたしは口を挟んだ。

「実家にはワインなんかないし、外で飲むこともないし。ファミレスで飲んだことはありますけど、一杯三百円くらいのやつだから、一緒にしたら悪いですよね？」

柏木さんが目を細め、愉快そうに笑った。

「愛美ちゃんは正直でいいな」

「お姉ちゃんも」

あたしはとっさに言い返していた。

「正直ですよ。本当は」

いわゆる一般的な正直者の印象とは多少ずれるかもしれないが、お姉ちゃんは、少なくとも自分自身に対しては、あたし以上に正直だ。信じるところを曲げられない。適当にごまかすということができない。

「そうだね」

柏木さんは少し考えて、認めた。

「君たち姉妹はよく似てる」

「え、そうですか？」

声が大きくなってしまった。柏木さんがゆらゆらと首を振り、かすかに笑った。

「ぱっと見た感じは、まったく違うけど。聡美は損だな」

「そうですか？」

あたしはますます驚いた。

「あたし、お姉ちゃんは得だなって昔から思ってたんですけど」

「どうして？」

「だって、勉強も運動もできるし、大学も就職も希望どおりに決まって。あたしが言うのもなんだけど、見た目だってきれいだし」

「なるほどね」

柏木さんがつぶやいた。考えこむように、ゆっくりと手もとのワイングラスを揺らしている。

「あの、柏木さん」

ここぞとばかりに、あたしは聞いてみた。

「お姉ちゃんのこと、好きですか」

柏木さんがグラスから手を離した。ちょっと眉を上げて、真顔で答える。

「好きだよ」

言いきってしまってから、さすがに照れくさかったのか、

「勉強も運動もできるし、見た目もきれいだし」

と言い添えた。再びグラスを回しはじめる。大きく揺らしすぎて中身がこぼれそうだ。

鼻の頭と耳の先が、ワインで染めたように赤くなっている。

このひとは、そんなに悪いひとじゃなさそうだ。ときどきえらそうだし、潔癖症ぎみのようだし、蘊蓄が多いし、恋人としてつきあうのはめんどくさいかもしれないけれど、お姉ちゃんのことは大事に考えてくれている。いわゆるストーカーのように、危害を加えてきそうな感じはしない。

「こないだ、お姉ちゃんのうちに来てましたよね」

あたしはいよいよ核心にふれた。差し迫った危険はないにしても、やっぱり釘は刺しておいたほうがいい気がしたのだ。お姉ちゃんのためにも、柏木さんのためにも。

「あれって、家探しだったんでしょう？」

「家探し？」

柏木さんはぽかんとして繰り返した。

ストーカーと疑われて、柏木さんはいたく傷ついたようだった。

「ひどいよ。僕が家探しなんかするように見える？」

恨めしげに訴える。はい見えました、とは当然ながら言えなくて、あたしはおとなしく謝った。

「すみません。あたしの早とちりでした」

「なにか気になるんだったら、こそこそかぎ回ったりしないで直接聞くよ。そもそも聡美を疑うようなことなんて、なにもない」

食ってかかられて、われながら的はずれなことを考えついたものだと恥ずかしくなってきた。もう一度、深々と頭を下げる。

「ほんとにすみません」

「いや、いきなり家にあがりこんでた僕も悪いんだけどね」

誠意が伝わったのか、柏木さんが口調を和らげた。

「確かに、植木の水やりって言われても、なんだそれって感じだよなあ」

怒るというより、ぼやいているふうだった。同意したくなるのをこらえて、あたしは形式的に否定する。

「いえいえ。立派な理由ですよ。生きものは大切にしないと」

「実際、それだけじゃなかったしね」

「えっ」

すっとんきょうな声が出た。やっぱりなにか裏の目的があったのか。

「誤解しないでよ。実際、水やりのことも気になってたんだ」

柏木さんがあわてたように言う。

「だけどメインはやっぱり掃除だよ」

大まじめに断言されて、力が抜けた。

「きれい好きなんですね」

「別にそうでもないよ」

「だって、わざわざ」

言いかけたあたしをさえぎって、聡美がさ、と柏木さんはひとりごとのように続けた。

「きれい好きだから。東京に帰ってきたとき、家がきれいなほうがうれしいと思って」

おとといのやりとりが、唐突によみがえった。枯れてしまったらかわいそうだと柏木さんが言ったのを、鉢植えの話だとばかり思ってあたしは聞き流した。でもきっと、柏木さんが守りたかったのは、植物というよりお姉ちゃん自身だったのだろう。枯らしてしまったときの無力感を、柏木さんはお姉ちゃんに味わわせたくないのだ。

柏木さんは意外にお姉ちゃんの本質を見抜いているのかもしれない。たとえばあたしなら、枯れちゃった、残念、とそこでおしまいだが、お姉ちゃんは必要以上に落ちこみかねない。失敗というものは、たとえどんなにやむをえない事情があっても、いつだってお姉ちゃんの敵なのだ。

「鹿のラグーとポルチーニ茸のピチでございます」

ほがらかな声とともに店員がお皿を運んできて、話は中断した。湯気と一緒に、オリーブオイルのいいにおいがテーブルの上に広がる。

「このピチは季節によって具が変わるんだよ」

器用にフォークを操りながら、柏木さんが教えてくれた。太めの麵はもちもちと歯ごたえがあって、食べた感じはうどんに似ている。鹿の肉なんて食べるのははじめてで、ちょっと警戒していたけれど、癖がなくておいしい。きのこともよく合っている。

「聡美も大好物なんだ。ここに来たら必ず頼んでる」

言い添えられて、お姉ちゃんに申し訳ない気がしてきた。ここでこうやって柏木さんとピチとやらをほおばっているべきなのは、あたしじゃない。いったいお姉ちゃんはなにを考えてるんだろう。想ってくれる恋人も、華やかで充実した都会の生活も放ったらかして、いつまで実家にひきこもっているつもりなんだろう。

そうだ、それも柏木さんに聞かなければ、と思い出す。ストーカー疑惑に気をとられて忘れていた。どう切り出そうか思案していると、柏木さんのほうが先に口を開いた。

「愛美ちゃん、東京にいる間にどこか行っておきたいところはあるの？」

「ディズニーランドですね」

あたしは反射的に答えた。

「ひとりで？」

「はい。ひとりでも、けっこう楽しめますよ」

半分は自分に言い聞かせるために、言いきった。本当は誰かと一緒に行ったほうが楽しいに決まっているけれど、公太に断られてしまったからにはしかたがない。

「そうか。ひとりでもいいのか」

柏木さんが首をかしげる。

「そういうものなんだね。僕は行ったことがないから、わからなくて」

「じゃあ一緒に行きます？」

ふと思いつき、あたしは誘ってみた。どうせチケットは二枚ある。

「ほんとに？」

言いかけた柏木さんが、下を向いた。

「ごめん。電話だ」

ポケットを探って携帯電話を取り出す。液晶画面に目を落とし、立ちあがった。

「いいですよ、ここで」

あたしはひきとめた。また仕事の電話だろうか。こんな時間にまで連絡がくるなんて、あたしなら絶対に耐えられない。

もしかして、と思いあたった。お姉ちゃんも、働きすぎてくたびれてしまったのかもしれない。実家に帰省したときも、あたしがたまに電話やメールをしても、忙しい忙しいと常に繰り返していた。愚痴や文句というより、むしろ誇らしげに聞こえて、猛烈な働きぶりを気に入っているものだと思っていたが、不満もあったのかもしれない。月日が経つにつれて、疲れがたまってきた可能性もある。たいして身を入れて働いているつもりではなかったあたしでさえ、辞めてみたらこんなにも気持ちが軽いのだから。

柏木さんはためらうように左右を見回している。店内で電話するのはマナー違反なのか。どうぞ、というように店員が手ぶりでうながしてようやく、電話を耳に近づけて口を開いた。

「もしもし。聡美？」

あたしはフォークを落っことしかけた。

今、誰と一緒にいると思う？

なんの前置きもなく切り出され、わたしは凍りついた。柏木がわたし以外の誰かと過ごしているというだけでも気がめいるのに、さらにそれが共通の知りあいだなんて、考えただけでもぞっとする。会社の人間であれば、わたしの話題も出るだろう。どんなふうに言われているのか想像したくもない。心配されている。ばかにされている。憐《あわ》れまれている。いい気味だと嗤《わら》われている。いずれにしても、いたたまれない。

＊

サナエが商品企画部に異動してきたのは、去年の春だった。

それまでうちの部署は、わたしと、事務作業を担当する五十代の古株のパートタイマーの他は、男ばかりだった。新卒で入社して二年目の初々しい女性社員の存在に、みんな最初は慣れなかった。

上司や同僚たちのぎこちない態度を見るにつけ、わたしは五年前に自分が配属された当時のことを思い出した。仕事の指示を受けるときも、ランチに誘われるときも、妙に気を遣われているのを感じた。表向きは、女であることを理由に差別はされなかったし、悪く言われもしなかった。逆に、たびたび女であることを理由にほめられた。女の子なのによくがんばってるとか、男どもに負けないくらい優秀だとか、彼らは無意識のうちに男女の間に線を引いた。評価されているとわかっていても、だから素直に喜べなかった。女という枕詞《まくらことば》を添えてほめられたくなかった。男か女かは関係なく、ひとりの社員として有能だと認めてもらいたかった。対等になるために、わたしは必死に働いた。女だからといって特別扱いしないでほしいと上司にも頼んだ。

五年かけて、状況は少しずつ改善した。一緒に働いているうちに信頼関係が築かれ、なによりお互いに慣れた。同じ部署の男性陣は、もはやわたしが女だとほぼ意識していない。わたしのほうも、「おっさん並みに働くなあ」と上司に感心されても、「いっそ男に生まれてきたらよかったのに」と同期から皮肉まじりに言われても、前ほどぴりぴりしなくなった。いちいち腹をたてていては身がもたない。

しかしサナエがやってきて、根本的にはなんにも変わっていないのだと気づかされた。わたし個人の扱いが変わっただけで、彼らの女性というものに対する認識があらたまったわけではない。わたしが女というカテゴリーからはずれても、若くてかわいらしい「女の子」であるサナエには、彼らは依然として遠慮し、身構《みがま》えた。自然に、同性であり年齢も比較的近いわたしが、基本的な仕事の内容をサナエに教えることになった。

「商品企画部に、とってもあこがれてたんです。早くお役に立てるように、一生懸命がんばります」

初対面のとき、サナエは笑顔でそう言った。小柄で童顔で、あどけなく舌足らずな喋りかたもあって、学生といっても通用しそうだった。この子は大丈夫だろうか、と内心わたしは危ぶんだ。

その心配は、いい意味で裏切られた。思いのほか頭の回転が速い子だった。一度教えたことは間違えないし、作業も早い。サナエの半年前に異動してきた、わたしよりいくつか年次が上の男性社員と比べても、ずいぶん仕事ができた。見た目はこんなにかわいいのに、と考えてしまって、わたしはひそかに苦笑したものだ。いかにも課長や部長あたりが口にしそうなことだった。

すぐにサナエはわたしを手伝ってくれるようになった。それまで後輩と一緒に仕事をする経験のなかったわたしにとって、こまごまとした雑務をこなしてくれる存在は貴重だったし、新鮮でもあった。サナエもわたしによくなつき、先輩、先輩、となにかと頼りにしてくれた。気持ちよく働いてもらえるように、困ったり悩んだりしていることはないか、わたしは定期的に確認した。

「あたしは大丈夫です。楽しく働かせていただいてます」

いつもサナエはにっこりして答えた。

「今の仕事が順調なのはいいことだけど、たとえば他にやってみたいことはない？　うちの部署でも、まったく違う仕事でも。そもそもサナエちゃんは将来のキャリアをどう考えてるの？」

それらの問いかけは、常々わたしが上司に聞いてもらいたいと望んでいることだった。ひとは好いが日和見《ひよりみ》主義なところのある課長も、口には出さないものの男尊女卑《だんそんじょひ》の気がある部長も、向こうからはたずねてくれないので、こちらから主張していた。

「キャリアとか将来の目標とかって、ちょっとイメージがわかないです」

サナエはおっとりと首をかしげるばかりだった。

その野心のなさが、後輩に対するわたしの唯一の不満だった。よけいなお世話だと頭ではわかっていた。将来を具体的に思い描いていないからといって、今の仕事をおろそかにしているわけではない。価値観はひとそれぞれなのだから、本人の志向を尊重すべきだ。それでもやっぱり、サナエの器用な仕事ぶりを見るにつけて、わたしは物足りなかった。能力はあるのにもったいないと思ったし、実際にそう口にも出した。せっかくだから、ここでの経験を通して成長し、今後に活かしてもらいたかった。もっとがんばれば、もっと上をめざせば、きっとうまくいく。

ただし、そこを除けば、わたしたちはうまくやっていた。少なくとも、わたしはそう思っていた。周りからも姉妹みたいだとからかわれるほどだった。

「うちの妹もこのくらい出来がよければいいんですけどね」

わたしは軽口で応じた。

「先輩の妹なんて、畏《おそ》れ多いですよお」

サナエの冗談めかした合いの手に、その場にいあわせた皆が笑った。いつのまにか、わたしとはまったく違うやりかたで、サナエはすっかり部署に溶《と》けこんでいた。女の子扱いされたくなくてじたばたしていたわたしとは対照的に、あくまで気負わず自然にふるまい、誰からも気に入られ、かわいがられた。

けれど、そうやってかわいがられるということは、かすかに侮《あなど》られているということと、紙一重でもある。

そんなふうに感じているのは、しかしどうやらわたしだけのようだった。同僚たちに悪気はない。サナエ本人も気にしていない。これもよけいなお世話だと重々承知しながらも、わたしは相変わらずもどかしかった。

真向かいに座っているサナエの席には、びっくりするくらい頻繁にひとがやってきた。仕事の用事ももちろんあるが、どうでもいいような雑談も多かった。それでもサナエは話しかけられれば作業を中断し、愛想よく相手をしてやる。同僚たち、特に年上の男性社員が用もないのにやってきてはくだらない無駄話をはじめるたびに、わたしはいらいらした。頼んである仕事がとどこおる場合は言うまでもないし、そうでなくても、ちょっとした息抜きのために若い女性社員を利用している彼らの無神経さが不愉快だった。

「サナエちゃんは忙しいんですから、じゃましないであげて下さい」

ある日とうとう腹に据えかねて、特に足しげく通ってくる営業課長を追いはらってやった。フロアも違うくせに、週に何度もやってくる。

「おおこわ。じゃあサナエちゃん、また今度ね」

肩をすくめて立ち去る彼に、サナエが申し訳なさそうに頭を下げた。立場上いたしかたない反応だとわたしにもわかってはいるものの、いやな気分になった。これではまるで、わたしだけが悪者だ。

「ねえ、このままじゃよくないんじゃない？」

その日の夕方にふたりで打ちあわせをしたとき、本題をすませた後でさりげなく切り出してみた。

「上のひとたちに冷たくしにくいのはわかるけど、もうちょっと毅然《きぜん》としてみたら？」

「キゼン？」

サナエはきょとんとしていた。

「サナエちゃんが優しいから調子に乗るんだよ。他人の相手ばっかりしてないで、自分の時間は自分のために使わないと」

わたしは言葉を選んで続けた。

「忙しいのに、いちいちつきあってあげることないよ。あのひとたち、ひまつぶしにきてるんだから」

文句も言わずににこにこしているから、向こうもつけあがる。こちらの都合にはおかまいなく、気まぐれにちょっかいを出してくる。まるでペットだ。わたしたちは猫でもハムスターでもない。彼らに負けないくらい、ひょっとしたらもっと一生懸命に、働いている。いやならいやだときっぱり断る権利がある。目上の人間に邪険な態度はとりづらいなら、適当な理由をでっちあげて席を離れてもいい。

「あたしは別にいやじゃないですよ」

サナエはほがらかに答えた。

「皆さん、おもしろいですし。いろんなお話が聞けて楽しいです」

またか、とわたしは思った。そんなふうに言われると、わたしばかりが心の狭い人間みたいに聞こえる。

「無理することないって。本気で戦っていかないと、なんにもよくならないよ。サナエちゃん、仕事もできるのにもったいない。前から思ってたけど、もっと向上心を持って

……」

「だけどあたし、そういうのは興味ないんです」

サナエがにこやかにさえぎった。

「それよりも、皆さんに仲よくしてもらえるほうがうれしいです」

「あなたはいいかもしれないけど」

かっとして、わたしはつい言い返してしまった。

「わたしはいやなの。あなたみたいな子がいるから……」

途中で、はっと口をつぐんだ。

危なかった。女がばかにされる、と口走ってしまうところだった。そんなふうに思っているわけではなかったのに。わたしはサナエの能力を買っていて、だからこそ、見て見ぬふりができなかっただけなのに。

もっとも、声に出してても出さなくても、たいした違いはなかったのかもしれない。

「わかりました」

サナエはもう笑っていなかった。眉を寄せ、赤い唇を結んで、わたしを見据えていた。そんな表情を向けられるのははじめてだったせいか、よく覚えている。

あれがすべてのはじまりだったのだ。あるいは、すべての終わりだった、と言ったほうが正しいだろうか。

「聡美？」

柏木の声で、われに返る。

「聞こえてる？」

「うん、聞こえてる……誰なの？」

わたしは観念してたずねた。その誰かが、なるべく遠い知りあいであることを祈りながら。

「かわろうか」

さもいいことを思いついたかのように、柏木が楽しそうに言った。アルコールが入っているのか、やけに陽気だ。

「いいよ、わざわざ」

かわるほど親しい知りあいなのか。せめて会社関係だけは勘弁してほしい。憂鬱になったところで、疑念がわいた。

もしかして、サナエじゃないか。

「でも、せっかくだし。ちょっと待って」

「いいってば。やめてよ」

サナエのはずがない。考えすぎだ。同じフロアにいるとはいえ、ふたりの接点はほとんどなかった。柏木がサナエのデスクにやってくるようなこともなかった。それに、わたしは一部始終を打ち明けた。つまり柏木は、わたしがどんなひどい目にあったかを知っている。

「じゃましてごめん。後でまたかけ直すから」

あせって続けたわたしを無視して、柏木の声がとぎれた。かわりにがさがさと耳ざわりな雑音が入る。電話が手渡されたらしい。わたしは息を詰め、目をつぶった。

「もしもし、お姉ちゃん？」

柏木に負けず劣《おと》らずはずんだ声で、愛美が言った。

愛美があらためて電話をかけてきたのは、十時過ぎだった。食事を終えて家に帰ったところだという。

「ごめんね、黙ってて」

ふたりがわたしの部屋で鉢《はち》あわせしたという偶然だけでなく、柏木がわたしの留守中に部屋を訪れていたことも、さらにそれが観葉植物に水をやるためだったことにも、驚いた。

「枯れちゃったら困ると思ってさ」

さっきの電話で、柏木は機嫌よく言っていた。かなり酔っているようだった。ふだん外ではめったに酔っぱらわない柏木にしては、珍しい。

「そしたらいきなり愛美ちゃんが入ってきて。びっくりしたよ」

なあ、と続けたのは、電話の向こうにいる愛美に同意を求めたのだろう。なれなれしい口ぶりも、柏木らしくなかった。

「まあ、おかげでこうやって知りあえたわけだから、結果的にはよかったけど」

愛美の答えは聞こえなかったが、なにか気の利《き》いた返事をしたようで、柏木は笑いを含んだ声で続けた。

「聡美からはなんにも聞いてなかったしね」

「それは」

あなたが電話をくれなかったから、と返しかけて口をつぐんだ。その気さえあれば、いつでも伝えられたのだ。ふれないでおこうと決めたのは、わたしだ。

電話をかわった愛美のほうは、あまり喋らなかった。おしゃれなレストランに連れてきてもらっちゃった。料理もすごくおいしいよ。さすが東京だね。あたりさわりのないことばかりぽつぽつと話しただけで、早々に柏木へと電話を返した。柏木が前にいるので遠慮していたのか、あるいは、柄にもなくわたしに気がねしたのか。

いや、違う。

「教えてくれたらよかったのに」

気にしていないふうを装って、わたしは言う。さっきは不意打ちで頭が回っていなかったけれど、愛美がぎこちなかったのは、責められると思ったからだろう。当然伝えるべきことを伝えずにいたのはわたしだけではない。わたしが愛美の上京を柏木に知らせなかったように、愛美も柏木と会ったことをわたしに報告しなかった。

でも、なぜ。

「柏木さんも、お姉ちゃんには伝えないでほしいって言ってたから」

愛美がさらりと答える。

「克己《かつみ》さんが？」

思わず大きな声が出てしまった。柏木に隠しごとは似合わない。

「ほんとに？」

たたみかけたそばから、愚問だと気づく。あのお喋りな愛美が黙っていた以上、相応の理由があったはずだ。責任を逃れようとでたらめを言っているようにも聞こえない。

「お姉ちゃんに気を遣わせたくなかったんだよ」

愛美がもっともらしく言った。なによそれ、と言い返したいのを、なんとかこらえる。わたしのためを考えるなら、正直に話してくれるのが一番いいに決まっている。

「話すにしても、タイミングを考えてたんじゃない？　すごく忙しそうだったし」

愛美はなおも熱心に柏木をかばってみせる。忙しかったのは、わたしも知っている。恋人に電話一本よこすひまもなかったくらいだ。そのくせ、愛美とレストランで食事をする時間はあったわけだけれども。

だいたい、愛美が柏木のために言い訳しているというのもおかしい。

「だけど、さっきは普通に話してくれてたじゃない。愛美と会ったことも、ふたりでごはんを食べてるってことも」

「あれは酔ってたからでしょ」

愛美がひそひそ声で、でもきっぱりと言いきった。わたしもうすうす予想していたことなのに、なんだか腹立たしい。

それにしても、ばかに声が小さい。

「克己さん、そこにいるの？」

わたしははっとしてたずねた。

「いるわけないでしょ」

愛美がため息まじりに即答した。

「柏木さんはお姉ちゃんの彼氏じゃない。あたしのじゃなくて」

なだめるような口ぶりに、いよいよかちんときた。じゃあなんで、と口走りそうになる。なんで一緒にごはんなんか食べてたの。ほとんど初対面なのに、わたし抜きで。

「まあでも、おいしいごはんを食べられたんだったらよかったたね」

ありったけの自制心をかき集めて、ゆったりした口調を作った。

「うん。ありがとう」

愛美の声も和らいだ。

「いい店だったでしょ？」

「そうだね。すごくおしゃれで、ちょっと緊張しちゃった」

「克己さんは、どうだった？」

さりげなく探りを入れるつもりが、ずいぶん直截な問いかけになってしまった。どうだったっていうか、と慎重に言い直す。

「元気だった？」

「元気だったよ」

わたしは唇をかんだ。あの電話の声からして、たずねるまでもなかった。むしろ元気すぎるように聞こえた。

「柏木さん、いいひとだね。ちょっと変わってるけど」

「変わってる？」

面食らって聞き返す。かっこいいとか、頭がいいとか、おとなっぽいとか、おしゃれとか、柏木を評すべき言葉は他にいくらでもあるのに、よりにもよって、変わってる、とは。それを言うなら個性的だろう。

「だけどおもしろかったよ。柏木さんってよく喋るねえ」

柏木はどちらかといえば寡黙《かもく》なほうだ。わたしと会うときも、会社の飲み会でも、聞き役に回ることが多い。好きなワインや小説の話になったときにだけ、たまに饒舌になる。どちらも愛美とふたりで盛りあがれる話題とは思えない。

「なんか、憎めないよね。無邪気っていうか」

「無邪気？」

啞然《あぜん》として繰り返したわたしにかまわず、愛美は続けた。

「でも、ああ見えて仕事はできるんでしょ？　出張帰りにも会社に呼び出されてたし」

ああ見えて、というのはひっかかるものの、ようやく柏木を表現するにふさわしい言葉を聞けた。気を取り直して相槌を打つ。

「みんなから頼りにされてるから。ちょっとは休んだほうがいいんだけどね」

きっと柏木は疲れていたのだろう。出張明けや残業帰り、体はくたびれているのに頭だけが冴《さ》え冴《ざ》えとする感覚は、わたしにも覚えがある。仕事を終えていつになく高揚しているところで、田舎から出てきてはしゃいでいる年下の女の子の相手をさせられたのだ。愛美の勢いに合わせようとして、口数も多くなったのだろう。

「今日はしょうがないけど、これからはじゃましないであげてね。克己さんは忙しいんだから」

わたしは釘を刺した。わかってるよ、と愛美は請《う》けあった。

週末までは、何事もなく過ぎた。

愛美はなにかと連絡をよこした。なにを見たとか食べたとか買ったとかいう文面に、いろんな街の写真が添えられていた。六本木《ろっぽんぎ》ヒルズの展望台、根津《ねづ》のせんべい屋、浅草の雷門、下北沢《しもきたざわ》の古着屋。東京での毎日をぞんぶんに謳歌しているらしい。柏木は一度も登場しなかった。

柏木からは、愛美との食事の翌日にも電話がかかってきた。こちらも、愛美の話題はほとんど出なかった。最初にひとこと、明るくていい子だね、とほめたきりだった。平坦《へいたん》な口ぶりは、明らかに社交辞令の域を出なかった。

当のふたりがその調子なので、わたしのほうも蒸《む》し返すのはやめた。柏木は気を遣っているのだと愛美は言った。せっかくの配慮をぶちこわしにしたくないし、ここで深く考えこんでもしかたがない。

それに、このことに限らず、なんだかぼんやりしてしまって、うまく頭が働かないのだった。

朝から晩までリビングのソファに寝転んで、テレビを見たり雑誌をめくったりしているうちに、あっというまに一日が過ぎる。これまでひとかけらの興味もなかった、朝の連続ドラマとプロ野球と芸能ニュースに、ずいぶん詳しくなった。テレビにも雑誌にも飽きれば、そのまま目を閉じてうとうとする。網戸から穏やかな風が吹きこみ、蝉や小鳥の声が聞こえる。おもては暑そうだけれど、風通しのいい家の中でじっとしている分には汗もかかない。東京のマンションでは窓を開け放すなんてありえなかった、となんだか遠い国のことのように思い出す。

東京の暮らしを思い浮かべても、前みたいに泣きたくはならない。職場でのあれこれを思い返して鬱々《うつうつ》とふさぎこむことも、顔色をうかがってくる両親にやつあたりすることもなくなった。なにか考えようとすると、頭にぼうっともやがかかって、眠気が襲ってくる。あんなに寝られなかったのに、とにかく眠くてしかたがない。食欲もない。母は毎日なにか食べたいものはないかと聞いてくれるが、すがすがしいくらいなにも思いつかない。最近はそうめんとすいかばかり食べている。

　実家に戻ってから二度目の日曜日、夕食の後に携帯電話が鳴ったときも、わたしはやはりソファにだらりと寝そべっていた。つけっぱなしのテレビでは、くだらないバラエティー番組が流れていた。

　夢の国行ってきた、というふざけた書き出しの愛美のメッセージは、わたしのふぬけた日常に、ひさびさの刺激を与えた。刺激というか、衝撃を。

添えられている写真では、柏木と愛美が両側からミッキーを挟んで笑っていた。

「テーマパークや遊園地って、あんまり行ったことがないな」

　柏木は前に言っていた。

「ひとが多いし騒がしいし、くたびれない？」

どうしてそういう話になったかといえば、ねえ、ディズニーランドって行ったりする？

とわたしが遠回しに聞いたからだった。

「どうしたの、急に？」

「いや、友達が行くって話してたから、なんとなく聞いてみただけ」

たまたま招待券をもらったので行かないかと最初から素直に誘えば、断られなかったかもしれない。ちらりと後悔して、すぐに反省した。無理やりつきあわせるのも申し訳ない。

ペアのチケットは、結局サナエに譲った。当時はまだ異動してきたばかりだったが、キャラクターグッズのあふれているデスクを見て、喜ばれそうだと見当をつけた。案の定、サナエは嬉々《きき》として受けとった。

「わあ、ありがとうございます。ディズニーランド、大好きなんです」

「よかった。むだにならなくて」

口からでまかせというわけではなかった。はねるようにして喜んでいるサナエはとても愛らしく、いいことをしたと思った。

「ほんとにいいんですか？」

サナエがふと真顔に戻り、念を押した。上目遣いで顔をのぞきこまれて、わたしはことさらに明るい声を出した。

「いいのいいの、遠慮しないで。わたし、そういうのはあんまり興味ないから」

基本的に、興味はない。ちょっと行ってみたい気がしただけだった。

「なるほど。先輩はああいうの、似合わないですもんね」

サナエはあっさり納得した。さっそく恋人とふたりで出かけたらしく、翌週にはミッキーと一緒に撮った写真がデスクに飾られた。二時間待ちだったと聞いてあっけにとられたけれど、「ミッキーに遭遇するなんて超ラッキーなんですよ！」とのことだった。

柏木と愛美も、暑い中を二時間も待ったのだろうか。ミッキーの左右に寄り添う構図は、サナエたちのそれとそっくり同じだ。愛美は見慣れない花柄のワンピースを着ている。東京で買ったのかもしれない。

あらためて写真を眺め、わたしは悲鳴を上げそうになった。柏木の頭に、黒くてまるい耳が生えている。

まるい耳のついたチョコレートを、サナエはわたしに買ってきてくれた。チケットのお礼にということだった。同じ部署で働く他の面々にも、大箱に入ったクッキーを配っていた。気が利くなあ、とおじさん連中は相好をくずし、くまのかたちをしたクッキーをかじっていた。新入りのサナエが皆との距離を詰めていったのは、おそらくあの頃からだ。およそ一年後、わたしが「毅然とした態度」をすすめるまでは、その距離は縮まる一方だった。

サナエは変わった。へらへらと笑わなくなり、作業中に話しかけられても事務的に応じるようになった。あからさまに迷惑がっているというほどではないものの、忙しげな雰囲気は十分に伝わり、デスクへの来客は目に見えて減った。ようやく忠告が届いたのだとわたしは満足していた。サナエもついに理解してくれた。心を入れ替えて、仕事に精進することに決めたのだ、と。

全部わたしのせいになっているなんて、思ってもみなかった。

「プロジェクトチームのメンバーを見直そうかと思うんだ」

先月、いきなりわたしを呼び出した部長は、深刻そうに切り出した。

「どうしてですか？」

わたしは意外に思った。秋冬に向けて、仕事は佳境にさしかかっている。十月に発売する予定の、ナッツやドライフルーツを使ったおとな向けのチョコレートの企画は、わたしが中心になってまとめあげてきた。甘さをおさえた濃厚な味わいと洗練されたパッケージで、高級感をねらっている。テレビコマーシャルがほぼできあがり、これから店頭での販促物や雑誌広告の準備が山場を迎える。どんどんあわただしくなってはきたが、チームの間にも独特の連帯感が生まれ、みんな生き生きと働いている。

「サナエちゃんがね、もうこれ以上は耐えられないって」

部長が言った。

「耐えられない？」

初耳だった。おうむ返しに繰り返したわたしを、部長は眉をひそめてまじまじと見た。

「チームから抜けたいってことですか？」

部長がいよいよ眉間のしわを深めた。どうしてそんな妙な目つきをされるのか、あのときはまるで心あたりがなかった。

「ちょっと度が過ぎてるんじゃないかな」

言いにくそうに、部長は続けた。なんのことだか、それでもわたしにはまったくわからなかった。

「君のことだよ」

部長が苦々しげに言い放った。

わたしの教育的指導が行き過ぎている、というのがサナエの言い分らしかった。なにをやっても否定され非難され、精神的にも疲弊《ひへい》している。この状況が続くなら辞職も考えはじめているという。

「はあ?」

あそこで笑うべきではなかったのだと、今ならわかる。でも、冗談か、なにかの間違いにしか聞こえなかったのだ。誰か別の人間どうしのいざこざを、部長が取り違えてしまっているのだと思った。

「ほら、その態度だよ。なにか意見を言っても真剣に聞いてもらえない、見下したみたいに笑い飛ばされるって、サナエちゃんが」

部長が顔をひきつらせた。さすがに、わたしももう笑ってはいられなかった。

「後輩を育てるために、よかれと思って厳しくしたのかもしれない。でも会社としては、こういうことを見過ごすわけにはいかない。人間関係がうまくいっていないと、チームの士気も下がる」

わたしはぽかんとして聞いていた。まだ信じられなかった。サナエはいつも機嫌よく働いていた。意見に耳を貸さないと言われても、そもそもあの子がなにか主張してくることなどない。先輩の話は本当に参考になりますとか、もっといろいろ教えて下さいとか、前向きな感謝の言葉しか受けた記憶がない。わたしたちがもめたことなんて——そこまで考えて、息をのんだ。

思い出したのだ。一度だけ、サナエと言い争ったときのことを。あのとき向けられた、刺すようなまなざしを。

「それでね、移ってもらおうかと思うんだ」

「わかりました」

やっとのことで、わたしは短く答えた。細かい雑務を一手に引き受けてくれているサナエを失うのは痛いが、そこまで思いつめているのならやむをえない。わたしのほうも、これまでどおりにサナエと接することができるとは思えなかった。わたしを慕《した》っているように見えていたサナエが陰で不満を募《つの》らせていたことも、さらにその不満を直接ぶつけるのではなく部長に訴えていたことも、ショックだった。

「わかってもらえてうれしいよ」

部長がその日はじめて表情をゆるめて、身を乗り出した。

「君に新しく任せたい仕事については、近いうちに考えるから。まずは引き継ぎに専念してもらえるかな」

今度こそ、わたしは声を失った。

わたしも泣き寝入りしたわけではない。部長には考え直すように懇願し、直属の上司である課長にも直訴した。提案書を書くところから企画を練りあげてきたわたしが、今さら抜けるなんてありえない。どう考えても、他へ移すならわたしじゃなくてサナエだろう。賛成してくれるメンバーも多かったのに、決定は覆《くつがえ》らなかった。この仕事からはずされるなら会社を辞めるとサナエが言い張っていたと後から聞いた。

後任も見つからなかった。お菓子業界は涼しくなってからが勝負どきなので、この時期は誰もが忙しい。しかたなく、いったん課長に引き継いだが、課長は課長で他の商品も担当しているし、この企画を細部まで理解しているわけでもない。発売に向けて正念場を迎えるにあたり、専属の人間が絶対に必要だとわたしは必死に訴え続けた。それには課長も同意して、部長に相談してみると約束してくれた。

そうしたら、さらにひどいことになった。

「サナエちゃんに任せてみたらどうかって、部長が」

課長におずおずと告げられて、血の気が引いた。

「ほら、きちんと教えてもらってるおかげで、ひととおりは回せるはずだから。大丈夫、他の人間もサポートするから、安心して」

気の毒そうに言う課長に、どうにか撤回してほしいとわたしは詰め寄った。取り乱しているのは自分でもわかったけれど、止められなかった。それだけはがまんならなかった。どうかしている。あの子はただのアシスタントにすぎない。わたしのかわりがつとまるはずがない。

しつこく追い回すうちに、最初は多少とも同情してくれていた課長も、だんだんわたしを避けるようになった。部長は相変わらず聞く耳を持たなかった。あとはサナエ本人とじかに話しあうくらいしか選択肢はなかったが、文句を言うにしても、部長たちにとりなしてもらうよう頼むにしても、負けを認めるようで耐えられなかった。

わたしが新たに命じられた業務は、売れ行きが悪く製造を中止したスナック菓子の在庫を処分するための、店頭での販促活動だった。要は、たたき売りだ。賞味期限が迫っている売れ残りを赤字覚悟で売りさばき、それでも残った分は廃棄しなければならない。やりきれない仕事だった。

担当が変わって二週間ほど経った頃、原因不明の熱が出て、わたしは三日間寝こんだ。病気で会社を休んだのは、入社して以来はじめてのことだった。

愕然《がくぜん》とした。仕事でしくじったり、上司にしかられたり、ちょっとしたきっかけで胃が痛いとか体がだるいとか言い出す若手社員たちを、わたしは軽蔑していた。足の遅い小学生が、運動会の日におなかが痛くなるのと一緒だ。社会人はそんなに甘くない。いやなことがあっても、のみこんでやっていくしかない。それができないなんて弱すぎる。

熱がおさまってからも頭痛は続いた。立ちあがるとくらくらした。めまいをこらえて出社したら、さっそく部長に呼び出された。

「疲れてるんだよ。この機会に少し休んでみたらどうだろう」

気味が悪いほど優しい口ぶりだった。

「今までがんばりすぎたんじゃないか。思いきって、のんびりしたらいい。働きすぎると誰でも余裕がなくなってくるからね」

わたしはのろのろと会議室を出た。頭が割れるように痛んだ。部長がドアを押さえてわたしを通した。

「サナエちゃん、ちょっといい？」

わたしが足を踏み出したとたん、背後で大声が響いた。コピー機の前にいたサナエが、はい、と澄んだ声で答え、こちらへ歩いてきた。

「あたしも戦うことにしました」

すれ違いざまに、サナエは微笑んでわたしに耳打ちした。

「先輩から教えていただいたとおりに」

その晩、柏木がいつもの寿司屋に連れていってくれた。

大好きなその店に行けば、わたしも少しは元気が出るかと思ったのだろう。食欲はなかったけれど、心配させたくなかったから、ふだんのとおりに食べ終えた。

「もちろん、僕は聡美が悪いとは思ってないよ」

お任せのコースが一巡し、食後の熱いお茶を待ちながら、柏木はおもむろに切り出した。

「でも正直言って、今の状況ってかなり厳しいかもしれない。ここで抵抗しても、こじれるばっかりじゃないかな」

わたしは白木のカウンターに目を落とした。柏木までそんなふうに言うなんて、裏切られた気がした。わたしの表情がこわばったのに気づいたのか、柏木はカウンターの下で優しく手を握ってくれた。

「体のこともあるし。無理しないほうがいいよ」

「無理なんか」

言い返したものの、かぼそい声はわれながら情けなく聞こえた。

頭では、わかっていた。柏木は正しい。今この状況で、できることはなにもない。この体調では満足に仕事はできないだろうし、わたしがどんなに力を尽くしたところで、上の決定は変わらない。長い目で見れば、休んで体力をたくわえたほうがいい。

「でも、わたしは……」

目頭が熱くなった。八方ふさがりなのは、百も承知だった。だからといって、むざむざ屈服するわけにはいかない。だって、わたしは間違っていない。なんにも悪いことはしていない。それを皆に思い知らせなければ、気がすまない。

「聡美の気持ちもわかるけど」

励ますように、柏木はわたしの手をそっとなでた。

「むきにならないで、これもひとつの試練だって考えたらどうかな。無事に乗り越えたら、きっとぐんと成長できるよ」

まじめな顔で続ける。

「みんな、少し時間を置いて頭を冷やせば、聡美が必要なんだってわかる。今騒いでも、かえって逆効果だよ。じっくり体を休めて、将来に備えたほうがいい」

「そうかなあ」

そんなにたやすく事態が好転するだろうか。わたしがいない間に、サナエや部長が他の同僚たちになにを吹きこむかもわからない。そうなったら敵は増える一方だ。認め直してもらうどころか、帰る場所がなくなってしまうかもしれない。

「どうしよう。もしもこのままくびにでもなったら」

　最悪の想像まで浮かんできた。地獄のようだった就職活動の日々も、脳裏をよぎった。中途採用と新卒ではまた事情が違うかもしれないが、転職の理由も理由だ。せっかくなじんでいた会社をこんなかたちで追われて、すんなり気持ちを切り替えられるだろうか。自信を持って面接にのぞめるだろうか。

「考えすぎだよ。聡美は心配性だな」

　柏木は笑った。

「だって、働かないと生活していけないよ」

「それはそうだけどさ。寿司だって食べられないしな」

　いつになくおどけてまぜ返したのは、空気を明るくしようという心配りだったのだろう。でも、笑って調子を合わせるには、わたしは弱気になりすぎていた。ふだんなら絶対に言わないことを、口走ってしまうほどに。

「克己さんが養《やしな》ってくれるなら、別だけど」

　柏木の顔から、笑みが消えた。

写真を送ったらひと仕事を終えた気分になって、あたしはベッドに寄りかかって伸びをした。腕にやわらかいものがあたり、振り向くと、ベッドの上に座る大きなピンクのくまと目が合った。

腕をひっぱって抱き寄せる。ふわふわの頭はあたしと同じくらい大きい。もうひと回り小さいサイズのほうがよかっただろうか。でも柏木さんも、大きいほうにしたらとすすめてくれた。買ってあげると言ってもらって、遠慮するのもかえって失礼な気もした。

＊

昨日の朝、あたしがいよいよひとりでディズニーランドに出かけようと考えていた矢先に、柏木さんはいきなり電話をかけてきた。

渋谷のレストランで話はしたものの、直後にお姉ちゃんから電話が入り、うやむやになっていた。チケットの期限が切れる週末まで一応は待ってみたが、なんの連絡もなかったので、半分あきらめていた。

翌日の待ちあわせの時間と場所を決めて電話を切った後で、お姉ちゃんにも伝えなければと思いたり、気が重くなった。食事だけでもかなりぴりぴりしていたのに、ふたりでディズニーランドに行くなんて、どれだけいやがられるかわからない。とはいえ、隠しとおすことも難しそうだ。あらかじめ話しておいたほうが誠意を示せるだろうか。いや、あたしなら、当日に現在進行形で気をもむよりも、後から教えられたほうがうれしい。さっさと打ち明けてすっきりしようというのは、むしろこっちの身勝手だろう。

あれこれ考えた末に、あたしは事後報告を選んだ。柏木さんの申し出を断るというのは、なぜか考えつかなかった。じゃましないようにとお姉ちゃんは言っていたけれど、本人が行きたがっているのだ。せっかくできた連れを逃すのももったいない。

あとは、ほんのちょっぴりだけ、好奇心もあったかもしれない。あのプライドの高いお姉ちゃんが、動揺するとどんなふうになるのか。

あたしはくまを抱き、ベッドに転がる。意地悪、だろうか。だけど、ほんのほんのちょっぴりだけだ。それに、その時点ではあたしは知らなかった。お姉ちゃんがどんないきさつで会社を休み、実家に戻ってきたのかを。

途中でなんとミッキーに遭遇できて、写真を撮るために二時間近く並んだ。その長い待ち時間に、あたしはお姉ちゃんの長期休暇の真相を聞き出したのだった。ひらたくいえば、後輩の女子社員に出し抜かれた――柏木さんは、言葉を選んだのか事の深刻さがわかりきっていないのか、うまが合わなかった、とぬるい表現をしたが――らしい。しかも彼女はあたしよりも若いというから、仰天した。昔から向かうところ敵なしだったあのお姉ちゃんが、年下の女の子にたたきのめされるなんて。

これを乗り越えれば聡美もひと回り成長できるはず、とまたもやとんちんかんな柏木さんの主張は聞き流し、あたしは肝《きも》だめし事件のことを思い出していた。わが家ではいまだに語り継がれている、大事件だ。

中学のとき、お姉ちゃんが入っていたバレー部では、夏休みに男女合同の合宿があった。あたしたちの住んでいる地域よりもさらに山深く、高原のキャンプ場に泊まりがけで練習する。小学生だったあたしにはなんとも魅惑《みわく》的に思え、一緒に行きたいとぐずってはお姉ちゃんに苦笑された。遊びじゃないんだよ。朝から晩まで体育館にこもってトレーニングするんだから、なんにも楽しいことなんかないって。

何度そうやってだまされただろう。お姉ちゃんが友達と遊ぶとき、あたしはなかなかまぜてもらえなかった。ゲームもお姫様ごっこもお絵描きも、なぜか同い年の友達とやるよりずっと楽しそうに見えた。仲間に入りたくてまとわりつき、追いはらわれてべそをかき、そこでやっとお姉ちゃんがしぶしぶ輪に加えてくれる。お姉ちゃんの友達のほうは、親切だった。特に沙織ちゃんはよくかまってくれた。わたしも妹がほしいと言われて舞いあがっていたら、じゃあ愛美をあげるよとお姉ちゃんが仏頂面《ぶっちょうづら》で言い放ち、とたんに悲しくなったものだ。

ともかくその合宿で、恒例行事として肝だめしが行われていたのだった。

肝だめしといえば、男女ペアが定番だろう。普通なら、こわがる女子が暗闇で男子の手を握ったりして、日頃はなかなか異性に近づけない中学生たちの架《か》け橋になる。でもバレー部の肝だめしには、そういうロマンチックな効果はまるでなかった。なぜなら男女対抗の競争だったからだ。同じポジションの男子と女子がひとりずつ同時に出発し、早く帰ってきたほうに一点が与えられる。全員分の勝ち点をそれぞれ合計し、負けたほうが勝ったほうにアイスをおごる。会場は、合宿所の裏手にある墓地だった。道順は男女で違い、女子のルートは男子のそれよりもやや短く、街灯もついていて比較的明るい。けれどそれで女子が有利になりすぎることもなく、勝敗はほぼ五分五分で、従って戦いは白熱した。その年も勝負は一進一退でじりじりと進み、最後に女子バレー部の部長であるお姉ちゃんと男子の部長が出発する時点で、ぴったり同点になっていた。

お姉ちゃんが勝つと、女子部員は歓声を上げ、男子部員はふてくされて部長に野次を飛ばした。男子中学生は女子中学生よりもよっぽど傷つきやすい。追いつめられた部長は、合宿所に戻ってからお姉ちゃんにけんかを売った。女はハンディがあるから勝って当然じゃないか、こんなのは不公平だ、とかなんとか、苦しまぎれの捨てぜりふを投げつけたらしい。挑発されたお姉ちゃんは、そんなに納得がいかないなら、もっと本格的な肝だめしで勇気を証明してみせると約束した。そして夜ふけに部屋をこっそり抜け出し、墓地の奥深くに建つお堂の中で一夜を明かした。

翌朝は大騒ぎになった。お姉ちゃんが行方不明になったとうちにも連絡が入り、両親は血相を変え、あたしを連れて現地に向かった。合宿所に着くと、憮然《ぶぜん》としているお姉ちゃんと、疲労困憊《ひろうこんぱい》した顧問教師と、半泣きの男子部長が応接室で待っていた。

「寝過ごしてごめんなさい」

お姉ちゃんは謝った。昼間のきつい練習の疲れと、夜中まで起きていた寝不足のせいで、ぐっすり眠りこんでしまっていたという。発見が遅れたのは、石造りのお堂の、内側から鍵をかけていたせいだった。

「誰か入ってきたらこわいと思って」

お墓の中で眠るのはこわくないのに、外側からの侵入者を警戒するとは、お姉ちゃんらしい。笑ってそう言いあえるようになったのはうちに帰った後のことで、そのときは両親もあたしも安堵で声も出なかった。

「最初はわたしもやめたほうがいいかと思ったんです。みんなに心配かけたら悪いし」

お姉ちゃんは落ち着きはらって説明した。

「でも、騒ぎにならないように、ちゃんと事情を説明しておくからって言われて。沙織たちに伝えてもらえれば大丈夫だと思ったんですけど」

冷ややかに一瞥された男子部長は、消え入るような声で反論した。

「うそだ……」

悪気があって黙っていたわけではなさそうだった。そんな度胸があるようにも見えなかった。ただ、事が大きくなってしまったのにおじけづいて言い出せなくなったんだろう、とその場にいた誰もが思った。小学生のあたしでさえ。

「言い訳するな！」

顧問が彼の頭をはたいた。すごく痛そうな音がした。あたしは気の毒になったけれど、お姉ちゃんは平然としていた。

実際のところはどうだったんだろうと疑問が浮かんだのは、ずいぶん後になってからの話だ。お姉ちゃんは本当に、あの男子にそそのかされたんだろうか。部員たちが総出で自分を捜している間、のうのうと寝こけていたんだろうか。皆が必死にお姉ちゃんの名を呼んでいたらしいのに、その声も聞こえないほど眠りは深かったんだろうか。

お姉ちゃんは自分に厳しい分だけ、他人にも厳しい。頭もいいので、本気になれば制裁は鮮やかに決まる。並の男子中学生が太刀《たち》打ちできる相手じゃない。おまけに、お姉ちゃんにとっては、常に、絶対に、自分が正しい。ときどきの考えや気分はあるにせよ、譲れない主張や持論のようなものをほとんど持ちあわせていないあたしには、その揺るがなさがうらやましい気もするし、ちょっとそらおそろしくもある。

そんなお姉ちゃんが、後輩の女子社員に負けたという。

あたしはその場で電話をかけたい衝動にかられた。つらかったよね、とお姉ちゃんに声をかけてあげたかった。大丈夫、もう無理しなくていいよ、と。けれどももちろん、思いとどまった。そんなこと、とても言えない。言ったとしても、きっとお姉ちゃんは強がって、なんともないと答えるに違いなかった。

それからまもなく順番が回ってきた。専任のカメラマンの他に、待っている間に仲よくなった後ろのカップルにも、柏木さんが携帯電話を渡して写真を撮ってもらった。その後に入ったレストランで、さっそくあたしにも転送してくれた。柏木さんのかぶっているまるい耳がすごくかわいくて、あたしも買っておけばよかったなと悔やんだ。

「聡美にも送ろうかな?」

柏木さんが言い出したので、あせった。こんな写真がいきなり送られてきたら、お姉ちゃんは打ちのめされる。

「あたしから送っときますよ。ちょうど連絡しようと思ってたんで」

あたしがさりげなく持ちかけてみると、

「そう?　じゃ、お願いしようかな」

と柏木さんは屈託なく答えた。気が回るんだか鈍いんだか、よくわからないひとだ。

とりあえず危機を避けられたことに満足して、あたしもそのときは送らなかった。そのまま忘れたふりをすることも、できなくはなかった。実際に送ったかどうか、どうせ柏木さんにはわからない。考え直したのは、家に帰ってきてからだった。

後になって、柏木さんの携帯電話に保存されているこの写真を、お姉ちゃんがなにかの拍子に目にするかもしれない。そうでなくても、あの柏木さんのことだから、お姉ちゃんと電話で話したり会ったりしたときに、あっけらかんとディズニーランドの話題を出すかもしれない。ついでに写真も見せる可能性もありうる。そんなかたちで披露するよりは、早いうちにあたしから送っておいたほうがましだろう。

それで、送ってみた。返事はまだこない。

ついでに公太にも写真を転送してみたら、こちらはすぐに反応があった。

「なんだよこれ?」

電話をかけてきた公太は、かみつくように言った。

「ていうか、なんで先に言わないんだよ」

「だって昨日の今日で急に決まったんだもん。公太は今週末忙しいって言ってたし、電話するのも悪いかと思ったから」

お姉ちゃんはともかく、公太に激怒されるとは予想していなかった。柏木さんとの食事の話は、うええ、東京にはいそうだよなそういうやつ、とおもしろがって聞いてくれていたのに。

「夕めしとディズニーランドじゃ話が違うって」

公太は憤然と言う。

「知りあったばっかりの、どこの誰かも知らない男だよ？　しかもけっこう年上なんでしょ。若い子つかまえて、下心あるんじゃね？」

「柏木さんはいいひとだよ。それに、男っていったってお姉ちゃんの彼氏だよ」

「愛美にはそういうつもりがなくても、相手が勘違いしたらどうするんだよ。なんかあってからじゃ遅いし」

「全然そういうんじゃないって」

「なんでわかるんだよ。だからおれは東京なんか行くなって言ったのに。どうでもいいから、早く帰ってこいって」

くどくどと説教されて、うんざりしてきた。つい柏木さんと比べてしまう。

柏木さんは不平も言わずに写真待ちの長い列に並び、パレードに歓声を上げ、あたしの大好きなジェットコースターに何度もつきあってくれた。挙句に、実は高いところってちょっと苦手なんだ、と恥ずかしそうに告白した。チケット代も返してもらったし、食べものも飲みものもすべておごり、おまけにぬいぐるみまで買ってくれた。とても楽しかったから今日の記念に、と。

別にお金の問題じゃない。余裕だ。第一印象では神経質そうな感じもしたが、柏木さんにはなんというか、ゆとりがある。意外にかわいげもある。年齢のせいか、もともとの性格なのかはわからないけれども。

しかし、公太にそんなことは言わない。言えない。

「公太も東京に遊びにおいでよ。次の週末とかは？」

とりなすつもりで誘ってみたのに、公太はそっけなく答えた。

「予定がある」

なんの、とも、誰と、とも、聞き返す気になれなかった。それでもせいいっぱい感じよく、あたしは言った。

「そうなんだ。楽しんできてね」

公太はむっつりと黙っている。あたしの返事がしらじらしく宙に浮いた。

「あ、そうだ」

話題を変えるためにだけ、言い足した。

「いつでもいいから、お姉ちゃんも誘ってあげてよ」

「そうだな。そっちはそっち、こっちはこっちで、楽しくやればいいよな」

公太は皮肉っぽく言い捨てて、ぶつりと電話を切った。なんなの、とあたしはひとりで悪態をついた。

それでけちがついたというのでもないけれど、続く一週間はいまひとつ冴《さ》えなかった。

一応、公太と仲直りはしたものの、電話しても話が盛りあがらなくて、どちらからともなく切ってしまう。連絡しない日があっても、文句は言われないかわりに向こうからの音沙汰もない。柏木さんのことは単なるきっかけにすぎなかったんだろうと思う。公太はもともと、あたしの東京行きそのものが気に食わなかったのだ。

観光にも、どうも気合が入らなかった。朝から晩まで外にいた先週とは違い、出かけてもすぐにくたびれてしまう。半日で切りあげ、家に帰ってだらだらとテレビを見て過ごす日もあった。

別に公太のせいではない。あたしは公太に話して聞かせるために、あちこち出かけていたわけじゃない。暑いのが悪い。あと、ひとが多すぎるのも。

お姉ちゃんとも、音信不通になっている。公太に怒られたのもあって、やはりあの写真がまずかったかとお母さんに探りを入れたところ、大丈夫そうよ、とあっさり言われて拍子抜けした。そりゃあ元気いっぱいってわけじゃないけど、特に様子がおかしいってこともないわよ。だいぶ落ち着いてきたみたい。その言葉を信じて、ひとまず静観することにした。

ぱっとしない気分に追い討ちをかけるように、週末は雨が降り出した。土曜日の朝、カーテンを開けたら、霧雨でおもてが煙《けむ》っていた。

携帯電話で天気予報を確かめる。午後はひさしぶりに渋谷へ行くつもりだった。ぱあっと買いものをすれば、この間までの晴れやかな気分が取り戻せるのではないかと期待していた。小さな画面に現れた関東地方の地図にふれ、ひらべったい東京都を拡大する。雨のち曇り、夕方から晴れてくるらしい。出かけようか、やめておこうか。思案しているうちに、間違って液晶にさわってしまったのか、画面が全国地図に切り替わった。条件反射のように、地元の県に目が吸い寄せられる。太陽のマークがついている。今日か明日か、とにかくこの週末、公太は予定があると言っていたのを思い出す。

やっぱり出かけよう。画面を閉じながら、あたしは決めた。午前中はゆっくりして、昼過ぎに家を出よう。

携帯電話をベッドの上に放り、空いた右手で左手の薬指にはめたルビーの指輪をひねる。これをもらったときの気持ちを、呼び起こしたかった。最初の二、三日はつけたりはずしたりしていたが、そのうちはめっぱなしになった。今やすっかり指になじみ、つけているという感覚もなくなってしまっている。まだたった二週間なのに。

ちょうど半分だ、と気づく。目新しい毎日に気をとられて、それに期限があるとほとんど意識していなかったけれど、ここで暮らせるのは長くてもあと二週間しかない。前半の二週間が気づけば過ぎていたように、帰る日もあっというまにやってくるはずだ。あたしは地元に戻り、そして結婚する。次に東京に来るのはいつになるだろう。子どもができたら、さらに動きにくくなる。公太もいっそう渋るに違いない。

つらつら考えていると、ため息がこぼれた。そんなことは全部、来る前から承知していた。だからこそ、この機会に東京に来ておこうと思いたったのだ。でもあのときは、未来について思いめぐらせても、ため息なんか出なかった。

あたしはベッドに寝そべって、両手で膝を抱え、体をまるめた。雨粒が窓ガラスをさかんにたたいている。遠くのほうで雷が鳴りはじめた。

天気予報は、はずれた。午後から夕方にかけて、雨はやむどころか強くなり、風も出てきた。六時前にとうとうあきらめて最寄り駅まで戻ってきたときには、あたしは全身びしょ濡《ぬ》れになっていた。

東京で買った中で一番気に入っている、白地に赤い小花柄のワンピース——ディズニーランドで柏木さんにもほめられた。聡美は花柄って着ないんだよなあ、とちょっと残念そうに言っていた——は肌にぺたりとへばりつき、スニーカーはじゅくじゅくと水を含んで気持ち悪い。お姉ちゃんのクローゼットから拝借したキャンバス地の手さげかばんにも、まだら模様ができてしまっている。こんなことならさっさと帰ってくればよかった。同じく天気予報にだまされたのか、それとも慣れてしまっているのか、渋谷は相変わらずものすごい人出で、晴れていても歩きにくい道がますますごった返していた。いたずらに体力を消耗するばかりでほしいものも見つからなかった。

これも勝手に借りたお姉ちゃんの青い傘を開き、商店街を歩き出す。すさまじい雨音が頭上に降り注ぐ。激しい向かい風に逆らって、傘をななめ前にかまえ、心もち前かがみでじりじりと進んだ。八百屋も花屋も早々に店じまいし、いつもは開け放してある肉屋や乾物屋のガラス戸もぴたりと閉ざされている。

先週末のディズニーランドが、ものすごく昔のことに感じる。お昼をおなかいっぱい食べた後にもあちこちでお菓子をつまみ、夕食は必要ないくらい満腹だった。柏木さんも甘いものが好きらしく、ポップコーンやチュロスを気前よくばんばん買ってくれた。柏木さんといえばあの渋谷のレストランもおいしかった、と食べもののことばかり考えてしまうのは、おなかが空いてきたせいだろうか。足もとに注意しつつ、あたしは冷蔵庫の中身を思い浮かべた。卵と納豆があるから、ごはんを炊けばなんとかなる。レトルトの味噌汁も残っている。

肉の焼けるような香ばしいにおいが鼻をかすめた。立ちどまり、傘を傾けて横を見やる。いつのまにか商店街のはずれにさしかかっていた。ガラス張りになったカフェの、窓際のテーブルで、若い男女が談笑している。黄色いあかりに照らされた店内は、さっぱりと乾いて清潔な、祝福された場所に見えた。幸せな人々が集う、にぎやかな場所に。

しかし実際には、二十ほどあるテーブルのうち、埋まっていたのは道からも見えていたふたり席だけだった。しかも彼らは、あたしが店の扉を押し開けた瞬間にちょうど腰を上げた。

「いらっしゃいませ」

後ずさり、そのまま店を出ようとしたところで、にこやかに声をかけられた。モデルのようにやせて背の高い、若い男の店員が、異様にはきはきとたずねる。

「おひとりさまですか？」

あたしはしかたなくうなずいた。

先客が出ていってしまうと、店は貸し切り状態になった。完全におひとりさまだ。案内された壁際の席からはフロア全体が見渡せる分、無人の店内がやたらと広く感じられる。白壁に木の調度でまとめた内装は品がいい。ひかえめな音量で流れている洋楽も、落ち着いた間接照明もしゃれている。店員も明るくて元気がいい。大丈夫だろう、と気を取り直す。天気のせいでお客がいないだけに違いない。

運ばれてきた料理をひとめ見て、ほっとした。大きな純白の平皿につやつやしたハンバーガーが置かれ、傍らにピクルスと湯気のたつフライドポテトがたっぷり添えられている。あたしは勇んでハンバーガーにかぶりついた。

その瞬間に、おさまりかけていた不安がぶり返した。ふた口めを、今度はおそるおそるかじってみて、不安は確信に変わった。薄っぺらい肉はぼそぼそして味気ない。レタスはしなびている。パンはぱさぱさで冷たい。地元のファストフード店やデパートのフードコートで食べたほうが、ずっとおいしい。ピクルスは薬っぽいにおいがきつく、ポテトは油の味しかしない。オレンジジュースだけが、かろうじてまともだった。甘ったるい液体で、口の中のかたまりをどうにか流しこむ。

はじめの衝撃が和らぐにつれて、今度はむらむらと腹がたってきた。こんなにおいしそうに見えるのに。よく考えれば、この店自体もそうだ。外からだと、あんなにすてきに見えたのに。

あたしはお皿を押しのけて、携帯電話を取り出した。公太と話したかった。とんでもない店に入ってしまったとこぼしたい。笑い飛ばしてもらえれば、少しは溜飲《りゅういん》が下がる。この際、やっぱり東京はだめだと断じられたり、愛美は詰めが甘いとからかわれたりしても、かまわない。これだから都会はゆだんできない、とあたしも思う。ひとくくりにするのは乱暴かもしれないけれど、この見かけ倒しぶりはほとんど詐欺《さぎ》だ。

通話ボタンを押そうとして、手がとまった。公太はちゃんと電話に出てくれるだろうか。今日はもう、これ以上みじめな気分になりたくない。

しばらく考えて、あたしは携帯電話をかばんにしまった。会計をすませ、逃げるように店を出る。雨が小降りになっているのだけがせめてもの救いだった。アスファルトの地面に、ところどころ大きな水たまりができている。暗くて見えにくい。足もとに集中して歩く。

誰かと正面からぶつかってしまったのは、幹線道路の手前だった。

相手は背の高い男だった。無言であたしを見下ろすと、ちっ、とびっくりするくらい大きな音で舌打ちをした。

「すみません」

とっさに謝ったものの、声がかすれてしまった。男はなぜか全身黒ずくめだった。頭の上から足の先まで、服も靴も、みごとに真っ黒で統一されている。黒い野球帽をかぶり、さしている傘まで黒い。この暗い中、どういうわけかサングラスをかけている。濃い色のレンズで目が隠れ、表情は読みとれない。

「すみません」

あたしは声をしぼり出した。黒い男はなにも答えない。傘で視界がさえぎられているせいか、この世にたったふたりきりで取り残されてしまったような感じがした。周囲を見回したいけれど、なんだか相手を刺激しそうで動けない。どなりつけられたら、どうしよう。ひたすら謝ればいいのか、助けを呼ぶべきか、それとも逃げたほうがいいのか。金を出せと言われたら、もしかして殴《なぐ》られそうになったら、どうしよう。

黒い影がゆらりと動き、一歩前へ踏み出した。あたしは両手で傘の柄を握りしめた。謝ろうにも、助けを求めようにも、声が出てこない。

立ちすくんでいるあたしの横を、男はゆっくりと通り過ぎた。

数秒か、数十秒か、あたしはその場につったっていた。それから、振り向いてみた。黒い傘が駅のほうへと遠ざかっていくのが見えた。

あたしはふらふらと歩き出した。気ばかりがせいて、脚に力が入らない。何度もよろけ、水たまりにつっこんでしまったが、かまわず先を急いだ。一歩進むごとに、びしゃんびしゃんと耳ざわりな音が立つ。横断歩道を渡り、角をいくつも曲がる。

見慣れた四角いマンションが見えてきたときには、道端にへたりこみそうになった。一階のコンビニが白い光を放ち、上階の窓にもぽつぽつとあかりがともっている。

コンビニの店内はいつもどおりに明るく、冷房がきいていた。

急に空腹を感じた。ハンバーガーをほとんど残したせいか、緊急事態でカロリーを消費してしまったのか。おにぎりとお茶のペットボトルをかごに入れてレジに並びかけ、なんとなく甘いものもほしい気がして、あたしは自動ドアの脇に置かれたアイスクリームのケースに近づいた。

スライド式の戸に手をかけたとき、気配を感じた。顔を上げると、道に面した窓ガラスに映りこんでいる自分と目が合った。その向こうには、数分前に歩いてきた道が延びている。コンビニの近くだけは窓からこぼれる光で明るく、それより先はぼんやりと薄暗い。

ひ、と声が出た。闇がはじまる、ちょうど境目あたりに、黒い人影が暗がりに溶けこむように立っていた。

とっさに回れ右して、店の奥へ向かう。壁際の、お菓子の陳列棚の前までたどり着き、深呼吸をした。落ち着かなければ、と自分に言い聞かせる。さっきぶつかった男は駅のほうへ歩いていった。確かに見た。ということは、あれは別人だ。黒い傘をさして黒っぽい服を着ていたから、見間違えたのだ。

勇気を振りしぼり、背伸びして棚越しにおもてをうかがった。人影は先ほどと同じ位置に、電柱を背にして立っていた。開いた傘を肩にひっかけるようにのせ、横顔をこちらに見せている。

男はサングラスをかけていた。すっかり日が落ちてしまった後で、真っ黒なレンズはそうとう目をひく。

あたしはへなへなとしゃがみこんだ。かがんだ姿勢で、両膝を抱く。二の腕にびっしりと鳥肌が立っている。泣きそうになるのを、鼻をつまんでこらえる。落ち着け、落ち着け、と心の中で何度も唱える。コンビニの中はさしあたり安全だ。店員も他のお客さんもいる。じっとしていれば、そのうちにあきらめて行ってしまうだろう。

少しでも気をまぎらわせようと目の前に並んだ色とりどりのパッケージを眺めてみるものの、ちっとも集中できない。こわごわ立ちあがってまた外をのぞく。男はあたしを嘲笑《あざわら》うかのように、悠々と煙草なんか吸っている。もう片方の手もとでぼんやりと光っているのは、携帯電話だろう。

はっと思いつき、あたしはかばんを探った。

まず公太にかけた。呼び出し音が続くだけで一向に出ない。いらいらして切り、続けてお姉ちゃんにもかけてみる。今度は呼び出し音のかわりに、乾いた機械音声が応答した。電波の届かないところにいるか、電源が入っていないらしい。あんなに片時も離さず電話を持ち歩いていたのに、よりによってこんなときにつながらないなんて信じられない。絶望的な気持ちで実家の固定電話にかけたら、話し中だった。電話を放り捨てたくなる。

とうとう柏木さんにまでかけてしまった。呼び出し音が数回鳴り、ぷつんとつながった。やった、と叫びそうになった瞬間に、留守番電話のメッセージが流れはじめた。そういえばディズニーランドで、今週は海外出張だと言っていた。

愕然とした。あたしはびっくりするくらい、ひとりぼっちだ。

こうなったら警察に連絡すべきだろうか。なんて言えばいいだろう。追いかけられている、ような気がする、と訴えるのか。そんなあいまいな通報を、親身になって聞いてもらえるだろうか。それより店員に助けを求めたほうが早いかもしれない。死神みたいな黒《くろ》装束《しょうぞく》で店の前に張りこんでいる男を見れば、おかしいと伝わるはずだ。

あたしはレジに駆け寄った。いらっしゃいませ、と声をかけてくれた店員が、あたしの顔を見て表情をこわばらせた。

「すみません、あそこに……」

窓の外を指そうとして、あたしは口ごもった。黒い傘は、消えていた。

家に帰り、シャワーを浴びてベッドにもぐりこんでからも、目が冴えて眠れなかった。暗い部屋で、何度もぱたぱたと寝返りを打つ。

偶然、だったのだろう。忘れものをしたとか気が変わったとか、なにか事情があって、たまたま引き返してきただけなのだ。商店街でちょっとした用をすませてきたのかもしれない。目あての店が閉まっていて、手ぶらで戻ってきたのかもしれない。

コンビニの前にとどまって煙草をふかしていたのも、深い意味はなかったのだろう。歩いているうちに煙草を吸いたくてたまらなくなったとか、家の中は禁煙なので帰り道で一服していたとか、理由はいくらでも思いつく。黒ずくめのいでたちもおそろしげに見えたけれど、東京にはいろんな格好をした人間がたくさんいる。もっと奇抜な服装だって何度も見た。渋谷では、ピンクのワンピースにピンクのタイツにピンクの靴をはいた女の子が普通に歩いていた。地下鉄で、全身、それこそ髪の色まで紫でまとめたおばあさんも見かけた。

全部、勘違いだったのだ。もうなんの心配もない。わかっているのに、いつまでも胸がざわざわして息苦しい。

あんなにせっぱつまった心細い気持ちは、二度と味わいたくない。あと二週間、いやなことが起きませんように。無事に切り抜けられますように。ぎゅっと目をつぶり、眠気をかき集める。早く眠ったほうがいい。

そのとき急に、ひらめいた。

あたしはベッドから飛び降りた。電気をつけ、散らかりほうだいの部屋を見回す。実家から持ってきたボストンバッグは、ベッドの足もとで埃をかぶっていた。

夜どおし荷造りと部屋の片づけをして、八時前には家を出た。重い荷物も苦にならなかった。電車の乗り換えもさすがにもう迷わなかった。

朝早いせいか、下りの新幹線はがらがらに空いていた。座席の背もたれを思いきり倒し、窓の外を眺める。風景は緑っぽく染まっている。線路沿いににょきにょきとそびえていたビルの群れも、けばけばしい看板も、東京駅を出てまもなく後ろへ飛び去った。

ボストンバッグを探り、ペットボトルのお茶とポテトチップスを出した。どちらもコンビニで買ったきり、開けそびれていた。チップスを一枚つまみ、ちびちびと咀嚼する。地元では見かけないフレーバーが気になったのだが、ただ辛いばかりであんまりおいしくない。舌がひりひりして、お茶ばかり進む。

それでも、うきうきした気分はしぼまない。

左手にはめたルビーの指輪に、右手でふれる。公太にも家族にも、帰ることは連絡していない。お姉ちゃんもいつも前ぶれなく現れる。ねらっているかはさておき、いい戦略だと思う。期待していなかった分だけありがたみが増して、つい歓迎してしまう。直接顔を合わせれば、公太の機嫌もきっと直る。やっぱり愛美には東京なんか向いてなかったんだな、としたり顔で言われても、今なら素直に受け入れられそうな気がする。確かに、向いていなかった。あたしの居場所は東京じゃない。お父さんやお母さんがいつも言うように、生まれ育った町でのんびり暮らすのが一番いい。刺激はなくても、友達や家族に囲まれて、地に足のついた安らかな生活を送れる。

考えながら、あ、と思う。ひょっとしたらお姉ちゃんも、本音のところではそう望んでいるんじゃないか。その気持ちは心の奥底に沈んでいて、本人もまだ気づいていないだけで。あるいは、気づきたくなくて無意識に封印しているだけで。

でも、兆《きざ》しは感じる。お姉ちゃんが落ち着いてきたとお母さんは言っていた。昨日は電話もつながらなかった。お姉ちゃんが携帯電話をないがしろにするなんて、以前はとても考えられなかった。だいたい、会社でいろいろあったにせよ、東京での生活になんの不安もなければ、実家に帰ろうという発想は出てこなかっただろう。都会暮らしは、短い間ならともかく、長びくと楽しいことばかりでもない。若いうちはよくても、たとえば結婚や出産を考えたら話も違ってくる。柏木さんは悪いひとじゃないけれど、話を聞いた限りでは、そっち方面に関しては煮えきらない感じだった。それはお姉ちゃんもわかっているはずだ。

つまらない意地を張らずに、このまま地元にいればいい。東京で神経をすり減らしてきた、かわいそうなお姉ちゃんを、あたしたちならあたたかく迎え入れてあげられる。

いつのまにか窓の外には一面に田畑が広がっている。なつかしい町へ、新幹線は着々と近づいていく。シートに体をしずめ、あたしはうっとりと目を閉じた。

＊

二階の部屋の窓から、門の前に軽トラックが停まったのが見えたので、わたしはかばんを持って階段を下りた。約束の九時ぴったりだ。

「ちょっと出かけてくるね」

リビングをのぞき、声をかける。母はテーブルに広げた特売のチラシから目も上げずに答えた。

「いってらっしゃい」

最近、両親はわたしにあまりかまわなくなった。だいぶ落ち着いてきたと考えているらしい。愛美と電話で話しているのが聞こえた。自分の精神状態について勝手に話されるのは気分のいいものではなかったが、そこまで腹はたたなかった。家族に心配されるのを屈辱と感じるのは、ただの自意識過剰だ。見栄を張っても現実は変わらない。

そう客観的に考えられるようになったということが、つまり「落ち着いた」証拠なのだろう。あきらめた、といったほうが正しいかもしれないけれども。

この一週間は、ときどき運転して外へ出かけた。おとといは沙織と食事もした。ご主人が休みで子どもたちと留守番してくれて、ふたりでゆっくり話せた。わたしが長々と帰省している理由を話したがっていないのを察したらしく、沙織はなにも聞かなかった。それでも意外に話題は尽きず、思い出話をしたり拓斗や健斗の話を聞いたりしているうちに、時間が経っていた。

確かにわたしは落ち着いてきたのかもしれない。しかしそれにしても、これはちょっとやりすぎただろうか。

トラックの助手席から、目だけを右に動かして、よく日焼けした公太の横顔をうかがう。この子はいったいどういうつもりで、わたしを誘ったんだろう。愛美に命じられたのか。車を出してもらえばいいと前にわたしもすすめられた。ただ、なにか用事があって送り迎えを頼むのと、誘いあわせて海へ行くのでは、明らかに意味あいが違う。相手が公太じゃなかったら、まるで恋人どうしみたいだ。愛美はいやじゃないんだろうか。悪びれずに柏木とディズニーランドに行ってしまうくらいだから、気にしないのか。

公太は黙ってハンドルを握っている。わたしはそっと息を吐き、シートにもたれかかった。

愛美に気を遣う必要はないだろう。わたしがこの誘いを受けてしまったのも、ほかでもないあの子のせいなのだ。公太から電話がかかってきたとき、わたしは柄にもなく動転していた。愛美と柏木とミッキーの、記念写真のおかげで。

手持ちぶさたに、左手の窓の外を見やる。ぼうぼうと生い茂った草原の間をぬって、ゆるい上り坂が続いている。ラジオが沈黙を埋めてくれているとはいえ、やっぱり気詰まりだった。なにを話せばいいのかわからない。なにせ、わたしたちの共通の話題といえば愛美くらいしかない。沙織にも声をかけておいてよかった。今頃、子どもたちを連れて海水浴場に向かっているはずだ。早くおちあいたい。どうせならわたしも車を出して、みんな現地集合にすればよかった。

小高い丘をのぼりきったところで、公太がはじめて声を発した。

「海」

左手でななめ前を指さす。木々の向こうに、きらきら揺れる光が見えた。

「きれい」

わたしは思わずつぶやいた。はしゃいだ声が場違いに高く響いた気がして、口をつぐむ。公太はなにも言わない。かわりに、ラジオの曲に合わせて口笛をふきはじめた。

目の前に横たわる海を、わたしはもう一度眺めた。本当に、きれいだ。

断ろうと思えば断ることもできたのだと今さら気づく。当日までは一週間もあった。それでも断らなかったのは、弱気になったら負けるような気がしたからだ。公太にではない。愛美に、そして柏木に、負けたくなかった。

楽しめばいいのだ、と思う。わたしたちも楽しめばいい。柏木と愛美はあんなにも楽しそうだった。

公太は口笛のメロディーに合わせ、指でハンドルを軽くたたいて拍子をとっている。ゆるやかな下り坂の向こうに広がる海が、少しずつ近づいてくる。

海水浴場の手前にある駐車場に、沙織たちはすでに来ていた。拓斗と健斗はおそろいの海パンをはいて、車の横でじゃれあっている。ゆったりとした水色のワンピースを着た沙織が、わたしたちを見つけて手を振った。

「おひさしぶりです」

公太が沙織に頭を下げた。以前に愛美から紹介されて面識はあるらしい。これまでは頼りない印象しかなかったが、小さな子を前にしているせいか、あるいは安全運転で海まで連れてきてもらったせいか、なんだか一人前のおとなに見える。

「こっちこそ。すみません、便乗しちゃって」

ほがらかに挨拶する沙織の、すぐ横に拓斗がくっついて立ち、その後ろに隠れるようにして健斗が顔をのぞかせている。見知らぬおとなを警戒しているのだろう。子どもたちとは初対面だと公太はさっき言っていた。わたしのほうも、拓斗は生まれてすぐに一度顔を見たきりだし、健斗とは十日ほど前にはじめて会ったばかりだから、似たようなものだ。

健斗が眉を寄せ、食い入るような真剣な目でわたしを見上げた。しばらく見つめあう。覚えているのだろうか。三歳児の記憶力がどの程度のものか、見当もつかない。

「さとちゃん！」

だしぬけに健斗が声を上げた。兄の背後から飛び出してきて、わたしの脚にかじりつく。ジーンズの生地越しにも体温が伝わってくる。

「覚えててくれたの。ありがとう」

わたしのほうも、声がはずんだ。

「健斗、すっかり聡ちゃんのファンになっちゃったの。家に帰った後も、きれいだったねえってうるさくて」

沙織が苦笑する。

「拓斗は赤ちゃんのときに会っただけだから、覚えてないよね。このひとは聡ちゃん。お母さんのお友達」

困ったようにわたしと弟を見比べていた拓斗も、母親の説明を聞いてようやくはにかんだ笑顔を見せた。礼儀正しく頭を下げる。

「こんにちは」

しっかりしている。さすが上の子だ。

「で、このお兄さんは公太くん。聡ちゃんの妹の愛美ちゃんの、だんなさん」

「まだ婚約者ですけどね」

公太が照れたように訂正した。そういえば公太も長男だった、と関係ないことが頭に浮かんだ。

砂浜はいいぐあいに空いていた。さびしくない程度にパラソルが立ち、泳いだりサーフィンをしたり、海に入っている人々もちらほらいる。空いているパラソルの下に、公太が手際よくレジャーシートを広げてくれた。

「地元でもあまり知られてない穴場なんですよ」

Tシャツの下にだぼだぼのサーフパンツという軽装で、沙織たちの持参した浮き輪を腕にひっかけた姿は、海の家で働く学生バイトと間違われそうなくらいに若々しい。

「こんないいところがあるなんて、全然知らなかったな。さすが公太くん」

沙織にほめられ、まんざらでもなさそうに笑っている。

「サスガコータ」

「サスガコータ！」

子どもたちも口々に言う。

「だめだめ。呼び捨てにしないの」

沙織がたしなめた。拓斗は口を閉じ、健斗だけが叫び続ける。

「コータ、コータ」

「ケント、ケント」

口調をまねられたのがおもしろかったのか、ひゃあ、と健斗が奇妙なおたけびを上げて公太に突進した。

「お。勝負するか？」

公太が健斗をつかまえて軽々と抱えあげた。荷物をかつぐようにひょいと肩の上にのせ、海に向かって走っていく。

「コーター！」

健斗は手足をばたつかせて絶叫している。こわがっているのではないかと心配して顔を見ると、満面の笑みを浮かべていた。

「おにいちゃぁん！」

腕組みして傍観していた拓斗も途中で呼ばれ、波打ち際のほうへ駆けていく。目を細めて見送った沙織が、わたしを振り向いて言った。

「公太くんはいいお父さんになりそうだね」

「そうかもね」

おかあさぁん、さとちゃぁん、と海のほうからにぎやかな声が聞こえてくる。ふたりで大きく手を振り返し、並んでシートに腰を下ろした。風があるので、日陰は思ったよりも涼しい。

「愛美ちゃんも、子どもほしいって言ってたよね？」

「うん。女の子ふたりがいいんだって」

まだ結婚もしていないのに、愛美の頭の中ではすでに人生の設計図ができあがっている。会うたびに聞かされて、わたしも覚えてしまった。二十六歳で結婚、二十七歳で第一子出産、その前後にローンで家を買い、三十歳までに第二子出産。仕事は結婚を機に辞めるが、下の子が小学校にあがったら、パートで働いて家計の足しにしたい。子どもを産む年齢とか、家の場所とか、パートの職種とか、そのときどきで細かい違いはあるものの、ここ数年はおおむねぶれていない。

子どもの頃、愛美は計画を立てるのが苦手だった。お菓子はあればあるだけ一気に食べてしまうし、夏休みの宿題はぎりぎりまで放っておく。わたしはしかたなく、数日かけて楽しむつもりで残してあった自分の分を譲ったり、自由研究の工作を手伝ったりした。その愛美が、今や未来について堅実に考え、かつそれを着実に実行している。片や、そういうことが得意だったはずのわたしはこんなにも先が見えないのだから、皮肉なものだ。

「へえ、女の子ふたり？」

沙織の声で、われに返る。

「愛美ちゃんも？」

も、の意味がわからなかった。戸惑っているわたしに、沙織が首をかしげて続ける。

「聡ちゃんも昔、そう言ってたじゃない？」

うっすらと、思い出した。どんなしくみで子どもが生まれてくるのかもよくわかっていなかった、幼いときの話だ。

子どものことだけではなく、将来の夢や展望について、わたしたちはしばしば熱く語りあったものだった。幼稚園の砂場で、小学校からの帰り道で。沙織の部屋で、母親が焼いてくれたクッキーをつまみながら。わたしの部屋で、愛美にじゃまされながら。

「あんな感じかな」

ちょうどパラソルの前を通りかかった四人家族に、沙織が視線を向けた。麦わら帽子をかぶった母親が三歳ぐらいの女の子と手をつなぎ、父親は赤ん坊を抱いている。若い両親を愛美と公太に入れ替えてみても、自然に想像できた。ふたりが子連れでここへやってくる日もそう遠くないかもしれない。

さらに、わたしと柏木を重ねてみようとして、ふいに虚《むな》しくなった。わたしは家族連れから目をそらし、沙織に向き直った。

「沙織は、男の子でも女の子でもいいって言ってたよね」

「そうそう。でもひとりっ子はかわいそうだから、絶対にふたり以上ってね」

「そうだった、そうだった」

「絶対、って無茶だよねえ。お母さんとか、どう思ってたのかな」

沙織がくすりと笑う。温和で優しい沙織は、意外にがんこなところも持ちあわせていた。いざというときには日頃の笑顔をひっこめて、絶対だよ、としかつめらしく念を押した。うん、絶対ね、とわたしもつられて神妙にうなずいた。

絶対なんてどこにも存在しないことを、あの頃はまだ知らなかった。

「でもいいじゃない。ちゃんと目標は達成できたわけだし」

明るい口調を作ってみる。わたしなんか、と言いそうになったのは、のみこんだ。

「達成したらしたで、大変だったけど」

浅瀬で水しぶきをはねちらかして遊んでいる息子たちを見やり、沙織がひとりごとのようにつぶやいた。

「だけど、わたしができたことって、それくらいだな」

「そんなことないでしょう」

否定したものの、沙織の気持ちはわたしにもわかるような気はした。かつて沙織の夢はケーキ屋さんを開くことだった。専門の学校に通い、できれば都会の有名店でも修業して、地元で店を出したいと言っていた。わたしのほうは、ニュースキャスターか記者になりたかった。いろんな国の言葉を操って、海外で働ければとあこがれていた。

「絶対っていえばさ」

沙織が口調をあらためた。

「絶対にずっと友達でいようって約束したよね」

「した」

わたしは即答した。

「それも達成だね」

「達成だよ」

沙織は膝を抱え、うんうんと何度もうなずいている。気づいたら、わたしは身を乗り出していた。

「沙織、わたしね」

わたしも、なにかを達成しようとしたのだった。うまくいかなかったけれども。

それでも、沙織に聞いてほしかった。慰《なぐさ》めや励ましを期待したわけじゃない。ただ、話したかった。そうすれば体が軽くなって、先に進めるような気がした。

沙織がわたしの目を見て、静かにうなずいた。


昼食は海の家でとった。店の中はすでに満席で、砂浜に出されたテーブルを五人で囲んだ。焼きそば四皿とたこ焼き三皿と焼き鳥二十本が、あっというまになくなった。

沙織は健斗にかいがいしく食べさせていた。拓斗はひとりで果敢に割り箸を動かしていたが、ぼろぼろこぼすのを見かねた公太が店員にフォークを頼んだ。プラスチックのトレイに並んだたこ焼きを両側からつついている様子は、親子みたいに見えた。

「けんちゃん、かき氷食べたいなあ」

テーブルのそばを通り過ぎていく店員の手もとを指さして、健斗がうらやましそうに言った。拓斗もうなずく。

「ぼくもほしい」

「もういっぱい食べたでしょう。おなか痛くなっちゃうよ」

沙織がすぐさま却下した。肩を落とした子どもたちに向かって、公太が口を開いた。

「おやつは持ってきてるよ。すいか、好きか？」

「好き」

拓斗と健斗が声をそろえ、目を輝かせる。こうして見るとそっくりだ。

「よし。あとですいか割りしよう」

「スイカワリ？」

健斗が首をかしげ、知ってる、と拓斗が鼻の穴をふくらませた。

「幼稚園でやった。目隠ししてすいかを割るんだよ」

「そのとおり。拓斗は物知りだなあ」

公太がわざとらしく拍手してみせ、拓斗がますます胸を張った。得意そうな兄に対抗して、健斗も両手を振り回しはじめた。

「けんちゃんも！　けんちゃんもやる！」

「わかった、わかった」

公太は健斗の髪をくしゃくしゃとなでて、わたしと沙織に視線を移した。

「みんなでやりましょうよ。ずっと座ってるだけじゃ、たいくつでしょう？」

「全然」

わたしたちは同時に答えた。

「沙織といろんな話ができて楽しい」

「うん。公太くんが子どもたちと遊んでくれてるおかげ」

「そうですか？　なら、いいですけど」

「お母さん、いろんな話ってなあに？　なに話したの？」

拓斗がすかさず会話に割りこんできた。

「ないしょ」

沙織がひとさし指を唇にあてて、にやりと笑った。恨めしげに下唇を突き出している拓斗に、公太が気の毒そうに言う。

「女のひとはなあ、とにかくないしょ話が好きなんだよ。男は慣れろ。聞かないほうが幸せなこともあるし」

わたしと沙織は顔を見あわせた。確かに、午前中の「ないしょ話」は、子どもたちには聞かせられない。

わたしの打ち明け話を聞き終えた沙織は、しばらく黙っていた。

「ごめんね、長々と喋っちゃって」

急に恥ずかしくなってきて、わたしは謝った。なにもかもぶちまけてしまったら、頭が冷えてきた。

「ううん、そんなことない」

沙織は首を振り、わたしの顔をのぞきこんだ。

「どうするの、これから？」

「わかんない」

ため息が出た。先のことを考えようとすると、頭がぼうっとしてくる。そうして、なんにも考えられないままに日が過ぎていく。

「なんか、自分のことがいやになるよ」

つぶやいてしまってから、しまった、と思った。卑屈になって弱音を吐かれても困るだろう。案の定、沙織が眉を下げたので、わたしはいたたまれなくなって目をふせた。

「わたしも」

と小さな声で言われたとき、最初は聞き違いかと思った。

「わたしも、そうだった。今はだいぶましだけど、健斗が生まれたばっかりの頃はほんとにきつかった」

今度はわたしが話を聞く番だった。

愚痴をこぼすというよりも、ただ客観的な事実を伝えているというふうに、沙織は淡々と話した。赤ん坊は昼も夜もなくぐずり続ける。長男は少しでも母親の関心をひこうとして、わざといたずらを繰り返す。夫は帰りが遅く、家事にも子育てにも協力的とはいえない。同居している舅《しゅうと》と姑《しゅうとめ》は、決して悪いひとではないが、二世帯住宅とはいえ一軒の家に住んでいれば、やはりなにかと気を遣う——ひらたい声が、どのくらいがまんしてきたかを、かえってよく物語っていた。

「一回、健斗がどうしても泣きやまなくて、拓斗までつられて泣き出したことがあってね。ふたりで競争するみたいにどんどん大声になって、耳がおかしくなりそうなくらい」

そこではじめて沙織は口ごもった。小さく息を吸って、続けた。

「そのとき、わたし、たたきつけそうになったの。健斗を。壁に」

ひとことずつ、しぼり出すように言う。わたしは相槌を打てなかった。

「こわかった。今回は大丈夫だったけど、いつまた同じことが起きるかわからないと思ったら、こわくてこわくてたまらなかった。あの子たちのことは大好きなのに。本当に、なによりも大切に思ってるのに」

一息に言い終えて、沙織は薄く笑った。微笑んでいるのに、なんだか泣き出しそうにも見えた。

「それでわたし、どうしたと思う？」

わたしは黙って首を振った。わからなかった。わからないのが、恥ずかしかった。

わたしは沙織のことを、全然わかっていなかった。それどころか、専業主婦は勤め人に比べて悩みやストレスが少ないはずだと、知らず知らずのうちに思いこんでいたかもしれない。家の中には部長やサナエはいない。けれど、だからといって、家庭が常に会社よりも平穏で快適だとは限らないのに。

「わたしも泣いたの」

沙織は言った。

「子どもたちと一緒に、わんわん泣いたの」

いきなり号泣しはじめた母親を見て、拓斗は逆に泣きやんだ。思いもよらない展開にびっくりしたのだろう。沙織の横に寄ってきて、懸命に背中をなでてくれたという。

「そこへちょうど夫が帰ってきて。なにごとかって、びっくり仰天してた」

夫婦で話しあい、沙織はしばらく実家に帰ることになった。いわゆる育児ノイローゼだと夫は判断したらしい。とはいえ、乳飲み子の健斗を置いてはいけない。拓斗だけを家に残し、夫と義母に世話を頼んだ。いつになったら戻ってくるか、その時点では決めていなかった。

週末になって、夫が拓斗を連れてきた。沙織になるべく負担をかけないようにという配慮で、顔を見るのは三日ぶりだった。たった三日で、しかし沙織はみちがえるように回復していた。ひとりきりでふたりの息子の世話を焼いていた身にとっては、実母とふたりで健斗ひとりの面倒を見るのは、信じられないほど楽だった。

沙織は玄関で長男を出迎えた。母親に会えると聞いて躍《おど》り出さんばかりだったと夫から電話で知らされていた。

「わたしも楽しみにしてたのよ。でもね」

いざ顔を合わせてみたら、拓斗は玄関口でうつむいたまま動かなかった。立ちつくしたきり、靴を脱ごうとも、母親を見ようともしなかった。

「わたし、その場で戻ることに決めたの」

それ以来、まずいなと思ったときは、沙織は実家で息抜きするようになった。

はじめは罪悪感もあった。近所には三人兄弟の母親も、働きながら子育てをしている母親もいる。いつも逃げてきてごめんね、とあるとき実家の母に謝ったところ、明るく笑い飛ばされた。

「逃げたんじゃなくて、休憩でしょって言われた」

人間、休まないと倒れちゃうよ。休める場所があるんだから休めばいい。意地張ってがんばって、突然倒れたりするほうが、周りはよっぽど困るんだから。

「聡ちゃんもそうじゃない？」

すっかり聞き入っていたわたしに、状況は全然違うけど、と沙織は言った。

「別に、逃げたわけでも負けたわけでもないよ。帰ってくる場所があったから帰ってきた、それだけだと思う」


渋滞に巻きこまれないように早めに帰るつもりだったのに、駐車場を出たときには、すでに日は傾いていた。

昼食の後、子どもたちと公太はまたしばらく海で遊び、わたしと沙織は引き続きパラソルの下で喋り、おやつの時間にはすいか割りもした。夕方になって帰り支度をはじめた。まだ遊びたいと逃げ回る子どもたちを公太がつかまえ、わたしが順番にシャワーを浴びさせて全身を拭き、沙織が服を着せた。一日中海辺を駆け回っていた小さな体には、潮とひなたのにおいがしみついていた。

海沿いの道を、車はのろのろと走っている。最初のうちはなんとか流れていたが、やがて止まっている時間のほうが長くなった。赤いテールライトがうんざりするくらい遠くまで続いている。

おさえた音で流れるラジオを聞くともなく聞いているうちに、とろとろと睡魔が襲ってきた。気をそらそうと窓の外に目をやる。東京では、海に面した高層ビルからの夜景がよくもてはやされているけれど、このあたりでは夜の海は別に美しくない。黒々とどこまでも広がっていく海面を眺めていると、楽しむどころか不安になってくる。

「今日はありがとうございました」

ハンドルに手を置いたまま、公太が唐突に言った。あわててあくびをのみこみ、答える。

「こっちこそ。車も出してもらったし、なにもかも任せちゃって……」

「いえ、あの、実は」

公太が言いにくそうにさえぎった。

「誘ったときはけっこうやけくそだったんですよ。愛美が楽しそうにやってるのが、すげえ悔しくて。そっちがそうくるならこっちだって、って思って」

わたしは深くうなずいた。そっちがそうくるならこっちだって、とわたしも考えた。やけくそだったのはお互いさまだ。

「なんか、巻きこんじゃったみたいですみません」

恐縮している公太に、今度は首を横に振る。公太は悪くない。こうして率直に打ち明けてくれているのは、むしろ誠実だとさえ思う。

「こっちこそ、わがままな妹ですみません」

おどけてまぜ返した。公太は答えるかわりにひっそりと笑った。

た。
「でも、ありがとう。楽しかった。来てよかった」
海に来てよかった、というつもりで口にしたのが、声に出したら意味が広がった気がし
た。
戻ってきて、よかったのかもしれない。沙織も言ってくれたように、ここへ帰ってきた
のは正解だったのかもしれない。それこそ、はじめはやけくそだったにしても。
「また行きましょう。他にもまだまだいい場所がありますよ」
公太が目もとをほころばせ、車をわずかに前へ進めた。
「子連れならビーチが無難かなと思ったんだけど、岬《みさき》のほうとか、あと遊覧船も意外に気
持ちいいし」
「遊覧船？」
「どっかの旅行会社が、去年からクルーズツアーをやりはじめたんです。最初はもろに観
光客向けだったけど、地元民の間でも流行りはじめて」
「へえ。知らなかった」
生まれ育ったこのあたりのことは知りつくしているつもりだったけれど、実はそうでも
ないのかもしれない。十年以上も離れていたのだ。都会ほどめまぐるしくないにしても、
町は確実に変化している。さびれるばかりでもなく、新しく生まれたものもあるはずだ。
わたし自身が興味をひかれるものも、十代の頃とは違う。

「愛美も早く帰ってくれれば、一緒に行けるのにな」

公太が進行方向を見据えたまま、低い声でつけ加えた。

「ほんとにね」

愛美、なにやってんのよ。心の中で、続けた。こんなにも待ってくれてるひとがいるのに。好き勝手に遊んでないで、さっさと帰ってきなさいよ。

「最近は、わりとあきらめてますけどね。無理に呼び戻そうとしたって、どうせ聞かないから。帰りたくなったら帰ってくるだろうし」

最後のほうは、半ばひとりごとのようになっていた。

「お姉さんも」

どきりとした。公太からお姉さんと呼ばれるのは、はじめてだ。

「このまま、ここにいたらいいじゃないですか？」

「だけど、仕事が」

言い訳しかけて、途中で詰まった。今まさに、会社はわたし抜きで回っている。わたしひとりがいなくたって、どうにでもなるのだ。

「きっと、こっちでもなにか見つかりますよ」

返事の意味を取り違えたらしく、公太は明るく続けた。

「近所だとちょっと厳しいかもしれないけど、街のほうに出ればなんとかなると思うな。

落ち着くまでは実家に住めば、生活にも困らないし」

確かに、実家に戻ってきてからは、ほとんどお金を使っていない。少なくとも路頭に迷うことはなさそうだ。そのうちひとり暮らしをはじめるにしても、東京に比べれば家賃も生活費も格段におさえられる。適当な仕事にありつけて、生活も回せるとすると、残る問題はひとつしかない。

東京を離れたら、遠距離恋愛がはじまる。柏木がこっちに移り住むなんてありえないから、わたしが東京に戻らない限り、ずっと離れ離れになる。それでもつきあい続けられるだろうか。そうすることに意味があるだろうか。そもそも、今の中途半端な状況を、柏木はどう受けとめているのか。公太みたいに、恋人の不在をさびしがっているだろうか。わたしが早く帰ってくるように願ってくれているだろうか。

でも柏木は、わたしをひきとめなかった。たぶんこれからも、ひきとめない。

確信して、ぞっとした。会社にも柏木にも必要とされていないのに、東京に戻ってもしかたない。目的もないし、居場所もない。

「うわっ」

公太が変な声を出した。運転席から身を乗り出して、こちらをのぞきこんでくる。

「ちょっと、どうしたんですか。大丈夫ですか」

わたしは顔をそむけた。鼻をつまんだのに、まにあわなかった。手を離し、指で目尻を拭う。

後ろでクラクションが鳴った。公太があわてて前に向き直り、車を進め、再びブレーキを踏んだ。右手をハンドルに置き、左手でごそごそと足もとのかばんを探っている。

「どうぞ」

膝に置かれた、くしゃくしゃになったタオルを、わたしは目もとに押しあてた。ほのかに海のにおいがした。

家に帰り着いたのは八時近かった。門の前にトラックを停めてくれた公太に、わたしはあらためて頭を下げた。

「ありがとう」

「いえ、こちらこそ」

さっきと似たようなやりとりをかわしていると、背後でこんこんと助手席の窓をたたく音がした。なにげなく振り向いて、わたしは息をのんだ。

「愛美?」

公太もすっとんきょうな声を上げた。向こうもびっくりしたように目を見開いている。

「お姉ちゃんも公太もつかまらないと思ったら、一緒だったんだね」

車から降りたわたしたちを、愛美は不服そうににらんだ。昼頃には実家に到着していたらしい。ふたりとも連絡がつかなくて、やきもきして帰りを待っていたという。そういえば、わたしは母になにも伝えていなかった。行き先も、誰と一緒かも。携帯電話はかばんに入っているはずだけれど、朝から一度も確認していない。

「ひどいよ。待ちくたびれちゃった」

愛美は腰に手をあてでむくれている。なんの前ぶれもなく帰ってきたのを棚に上げて、仲間はずれにされたと言わんばかりだ。つい昨日まで、公太をさんざん待たせていたくせに。わたしをそっちのけにして、柏木と遊んでいたくせに。

公太と目が合った。同じようなことを考えているのがわかった。

「じゃあおれ、帰るわ」

公太が愛美に言った。

「ええっ？　帰っちゃうの？　ごはん食べていきなよ」

「いや、今日はちょっと約束があるから」

「せっかくひさしぶりなのに」

愛美はぶつぶつ言っている。ひさしぶりなのは誰のせいよ、とたしなめるのは後回しにして、わたしは公太に向き直った。

「ありがとう。気をつけてね」

「ありがとうございます」

公太は礼儀正しく会釈して、運転席に乗りこんだ。

「仲よくなったんだね」

去っていくトラックを見送りながら、愛美がぽつんと言った。

「別に、そうでもないけど」

反射的に否定してしまってから、公太ともっと親しくなってほしいと言われていたことを思い出して、つけ足した。

「いい子だね」

「まあね」

愛美がそっけなく応じた。拍子抜けした気分で、わたしは続けた。

「海、きれいだったよ」

「そっか」

「いいお天気だったし、そんなに混んでなかったし」

明らかに機嫌が悪そうなのに、つい話しかけてしまう。

「ふうん。よかったね」

突き放すように言われて、ようやく口をつぐんだ。海に沈む夕日が美しかったことや、すいかが冷たくて甘かったことや、沙織とひさしぶりにたくさん話せたことなんかを、なんだか伝えたい気分だったのだけれど。

それほどひどいことをしただろうか、と思う。公太と海に行った、それを愛美に伝えていなかった、電話に出なかった、どれも愛美のこれまでの行動を振り返れば、非難される筋《すじ》あいはない。

「どうして急に帰ってきたの？」

気を取り直して、たずねてみた。不思議なことに、感じが悪いと腹をたてる気になれない。すねている愛美に子どもの頃のおもかげが重なって、かわいらしくすら見える。

愛美は返事をしなかった。わたしにくるりと背を向けて、玄関の扉に手をかけた。

＊

あたしの姿をひとめ見るなり、公太はぽかんと口を開ける。まじまじとあたしの顔を見つめ、ぱっとはじけるような笑顔に変わり、喜び勇んで駆け寄ってくる。あと一、二歩というところまで近づいたところで、立ちどまる。ばつが悪そうにもじもじしているのは、へそを曲げていたのを思い出して照れているからだ。公太は本当にわかりやすい。

「ただいま」

気にしていないというしるしに、あたしは微笑んでみせる。公太がほっとしたように表情をゆるめ、おもむろに両手を広げて、あたしをぎゅっと抱きしめる。

「おかえり」

そこへちょうど、出かけていたお姉ちゃんが帰ってくる。門の前で抱きあうあたしたちを、あきれ顔で、でもほんの少しうらやましそうに、眺める。

はずだった。

公太がぽかんと口を開けたところまでは、予想していたとおりだった。思い浮かべていたのとそっくり同じ顔つきだったので、ちょっと笑ってしまったくらいだ。すぐさま走り寄ってこられなかったのは、車の中にいたからしかたがない。

けれど、降りてきた後もうれしそうというより戸惑っているみたいだったのは、期待と違った。抱きしめてくれなかったし、おかえりとすら言ってくれなかった。

それからもうひとつ、お姉ちゃんの登場のしかたも、あたしの想像をはるかに超えていた。公太との再会の場に、お姉ちゃんが居あわせるような気が漠然としていたのは、虫の知らせだったのか。

つい二週間前まで、お互いに敬遠しあっていたはずの公太とお姉ちゃんは、なぜか仲よく海まで遠出していたという。朝早くから日が暮れるまで、あたしからの電話には一切応えずに。

昼に実家に着いたら、お姉ちゃんは出かけていた。ここのところ、ときどき外出するようになったのだとお母さんはうれしそうに言った。

「運転もだいぶ慣れてきたみたい。愛美の車、使わせてもらってありがとう」

「いいよいいよ」

お姉ちゃんが元気になって、あたしもうれしい。

「でも、車はあったけど？」

「え、ほんと？」

お母さんは首をかしげた。お姉ちゃんのことを気にしているわりには、けっこう適当だ。順調に回復してきたので安心しているのだろう。

「もしかしたら、沙織ちゃんに車で迎えにきてもらったのかも」

沙織ちゃんとの交流が復活したというのも、あたしにはうれしかった。沙織ちゃんは本当にいいひとだ。会うたびに、お姉ちゃんは元気かとたずねてくれていた。あんなに仲がよかったのに、お姉ちゃんは上京してからほとんど連絡をとっていないようだった。情が薄いわけではないけれど、余裕がなくなると視野が狭まりがちなのだ。

でも大目に見てあげなくちゃいけない、とあたしは思っていた。お姉ちゃんはお姉ちゃんで、大変だったみたいだから。

柏木さんから聞き出した話を、お母さんや公太に口外するつもりはなかった。あたしが聞いたということそのものも、黙っておいたほうがいい。お姉ちゃんは弱みを知られるのをいやがるはずだ。悪気なく喋ってしまった柏木さんまで恨むかもしれない。なにより、お姉ちゃんをこれ以上傷つけたくなかった。

それなのに。

「どうして急に帰ってきたの？」

お姉ちゃんは不思議そうに言った。この間までとはうってかわって、さっぱりした顔をしている。かすかに日焼けした肌も、健康そうに見える。

「公太がかわいそうだから」

玄関口でつっかけを脱ぎながら、あたしは短く答えた。二週間ぶりに会ったのに、ろくに話もせずにそそくさと帰っていった公太の後ろ姿が、頭をよぎる。

「公太っていい子だね」

何度も言われなくてもわかってる、と言い返しそうになる。かわりに、確かめるように、声を出す。

「よかったよ、ふたり仲よくなって」

それをあたしも確かに望んでいた。気分転換にお姉ちゃんを連れ出してほしいと公太に頼みもした。公太はいわばあたしのために、お姉ちゃんを誘ってくれたのだ。

よかった。未来の義姉弟の距離は縮まり、お姉ちゃんは元気になった。あたしもうれしい。だから、どっと疲れが出たように感じるのは、長時間の移動のせいに違いない。ゆうべ部屋の片づけと荷造りでほとんど眠れなかったのもあるだろう。公太とちゃんと話せなかったのも残念だった。ひとつひとつ数えあげるように考えつつ、あたしはリビングに入った。

ダイニングテーブルには四人分の箸と食器が並んでいた。お父さんが席について夕刊をめくっている。どうということのない光景が妙になつかしく、すっきりしない気分も忘れて、あたしは台所から出てきたお母さんに声をかけた。

「お母さんの手料理もひさしぶり」

こうして自分がしばらく家を離れてみて、いつも両親が帰省中のお姉ちゃんにいろいろと食べさせたがる気持ちが、少しわかった気がする。やっぱり生まれ育った故郷の味が一番だ。

「手料理ってほどじゃないけどね。とにかく暑いし」

両手にひらたいお皿を一枚ずつ持ったお母さんが、申し訳なさそうに答えた。

「手抜きでごめんね」

盛られているのは冷やし中華だった。ハムとトマトときゅうりと錦糸卵《きんしたまご》が、彩りよく並んでいる。

「いいよいいよ、暑いもんね」

あたしはあわてて首を振り、両手でお皿を受けとった。お母さんが台所に引き返し、まったく同じお皿をもうふたつ持ってくる。

「お父さん、お酒は？」

「いいよ、自分で出す」

「そう？」

お母さんが腰を下ろした。冷やし中華の他に、なにか、たとえばお刺身なりちょっとした一品なりが出てきそうな気配はない。

「愛美も飲むか？」

「いらない」

答えた声がよそよそしかった気がして、言い添えた。

「東京で外食続きだったし、ちょっとひかえめにしとく」

がっかりしてはいけない。お母さんはなんにも悪くない。昼間、買い物に出かける前に、なにか食べたいものはないか聞いてくれた。なんでもいいよと送り出したのは、あたしなのだ。お姉ちゃんが実家に帰ってきたときに必ずお刺身が出てくるのは、何品も手のこんだおかずが並ぶのは、年に一度か二度きりの機会だからだ。あたしはたった二週間ほど留守にしただけに過ぎない。扱いが違ってあたりまえだ。

「わ、冷やし中華。おいしそう」

お姉ちゃんがのんびりと言って、席についた。

「昼もけっこう食べたのに、おなかすいちゃった」

お姉ちゃんは公太と一緒になにを食べたんだろう、とよけいなことを考える。あたしの昼食はカレーだった。昨晩の残りを冷凍のごはんにかけて、レンジであたためて食べた。

「やっぱり、ちょっともらおうかな」

発泡酒の缶を持って戻ってきたお父さんに、あたしは言った。

赤い瓦屋根と白壁のかわいらしい一軒家の前で、沙織ちゃんはあたしとお姉ちゃんを降ろしてくれた。門のアーチにはばらがからまり、庭の芝生《しばふ》はきれいにととのえられている。

「かわいいおうち。ヨーロッパみたい」

あたしがうっとりして言うと、横からお姉ちゃんが鋭く指摘した。

「え？　愛美、ヨーロッパに行ったことあるんだっけ？」

「ないけど雰囲気くらいはわかるよ。テレビとかネットとかでも見るし」

「わたしも行ったことないなあ」

車を停めて門の前まで戻ってきた沙織ちゃんが、おっとりと口を挟んだ。

「行ってみたいとは思うけど、子連れじゃちょっとねえ」

沙織ちゃんの家に遊びにいくから一緒に来ないかとお姉ちゃんに誘われたのは、昨日のことだった。あたしは部屋でごろごろしていた。留守の間にお姉ちゃんが片づけてくれたので、きれいだけれど自分の部屋じゃないみたいで落ち着かない。

「庭でバーベキューと花火をしようって。だんなさんがお肉焼いてくれるらしいよ」

「肉かあ。いいね」

答えたものの、あんまり気は乗らなかった。実家に帰ってからいまいち食欲がない。この一週間、そうめんとすいかばかり食べている。

それにしても、バーベキューはともかく、

「お姉ちゃんが花火？」

「なによ、おかしい？」

お姉ちゃんがぶっきらぼうに答えた。

「別におかしくはないけどさ」

似合わない。

「行くか行かないか、今日中に決めてね。返事しないといけないから」

部屋から出ていきかけたお姉ちゃんは、ついでのように言い添えた。

「そうだ、公太も来るよ」

「やっぱ行く」

どうして公太が、と聞き返すよりも先に、あたしは答えていた。

公太とお姉ちゃんがふたりきりで海に行ったわけではなかったのだと、そこではじめて知った。沙織ちゃんと息子たちも一緒だったそうだ。公太がさんざん相手をしてあげたので、そのお礼も兼ねて、家に招いてくれるという話になったらしい。

「それを早く言ってよ」

帰ってきた日から、公太とは何度か電話では話したけれど、顔は合わせていない。海に行ったときの話もほとんど聞いていなかった。あえて質問する気にもなれなかった。

「言ってなかったっけ？　ごめん、ごめん」

お姉ちゃんはきょとんとして首をかしげていた。なんだか感じが変わった、とあたしは毎日思っていることを、また思った。なんというか、物腰がやわらかくなった。沙織ちゃんと頻繁に会っているうちに、だんだん影響されてきたのかもしれない。

お姉ちゃんのほうも、あたしが東京にいた間のことは特に聞いてこない。前に柏木さんと食事したときは質問攻めにされたので、ディズニーランドの件も根掘り葉掘り聞かれ、かつ責められるだろうと覚悟していたのに、肩透《かたす》かしを食らった気分だった。まったく興味を示されないのもそれはそれで悔しくて、東京は楽しかった、充実していた、とだけ強調しておいた。

沙織ちゃんに案内されて庭に入る。アウトドア用の折りたためるテーブルと椅子が並べられ、その横にバーベキューコンロも出してあった。

「どうも。いらっしゃい」

コンロのそばにしゃがみこんで炭をいじっていたご主人が、あたしたちに気づいて立ちあがった。めがねをかけた、優しそうなひとだ。おでこがかなり広く、おなかがぽっこり出ていて、お姉ちゃんや沙織ちゃんと同い年にしては貫禄《かんろく》がある。当然のことながら、柏木さんとはかなり印象が違う。

「いらっしゃい」

父親にまとわりついていた男の子たちも、挨拶をまねた。父子ともに、サッカーのユニフォームを模した、おそろいの青いTシャツを着ている。お姉ちゃんが子どもたちの頭を順になでてから、ご主人に向かって挨拶した。

「ご無沙汰《ぶさた》しています。お休みの日に大勢で押しかけてしまってすみません」

よそゆきの声音を、ずいぶんひさしぶりに聞いた気がした。顔もいつになくくっきりしている。お姉ちゃんが化粧したところを見るのはあたしが東京から戻ってきて以来はじめてだと、今さら気づく。

ぼんやりしていたら、ひじで二の腕をつつかれた。

「はじめまして」

急いで頭を下げる。沙織ちゃんと一緒にいるところを見かけたことは何度もあるが、きちんと挨拶したことはなかった。

「よく似てますね」

あたしとお姉ちゃんを見比べて、ご主人が感心したように言った。

「そうですか？」

お姉ちゃんが眉を寄せた。昔から、姉妹で似ていると言われるたびに、あからさまに不本意がるのだ。失礼じゃないかといつもはむっとするのに、いかにもお姉ちゃんらしい反応に、あたしはなぜかほっとした。

沙織ちゃんを手伝って、野菜を切ったり庭のテーブルに食器を並べたりしているうちに、公太もやってきた。

「コータ！」

子どもたちが大喜びで出迎える。すっかりなつかれているようだ。あたしも一緒に叫んで走っていきたいのは、さすがにがまんした。

「おう、今日も元気だな」

左右の脚にむしゃぶりついてくる兄弟に、公太は機嫌よく声をかけている。公太はもともと子どもが好きだ。親戚が多いので慣れているらしく、扱いもうまい。子どものほうでもそれを敏感に察するのか、自然に寄ってくる。

「すいかわり！」

公太が抱えている大きなすいかを見て、子どもたちはいよいよ盛りあがった。

「はいはい、後でね。冷やしとこうね」

沙織ちゃんがすいかを受けとり、家の中へ戻る。すいか、すいか、と連呼しながら息子たちがついていく。解放された公太は、うちわを片手にコンロの前で奮闘しているご主人にも挨拶してから、テーブルの反対側にいたあたしたちのほうへやってきた。

「こないだはどうも」

開口一番に、公太は言った。あたしではなく、お姉ちゃんに。

「こちらこそ。どうもありがとう」

お姉ちゃんがにこやかに答える。

「またすいか割りができるね」

「あいつらが喜ぶかと思って」

「すいか割り、やったの？」

あたしは無理やり口を挟んだ。お姉ちゃんと公太が同時にあたしを見て、同時にうなずいた。なにか説明が続くかと思ったけれど、それきりどちらも黙っている。

「火、そろそろつくのかな」

あたしはふたりから目をそらし、コンロのほうへ首を伸ばした。

空が薄青く暮れはじめた頃合に、食事をはじめた。

喋っているのは、ほとんど拓斗と健斗だ。幼稚園やらプールやら夏祭りやら、話題は転々と飛び、次々に登場する固有名詞を沙織ちゃんが補足してくれる。沙織ちゃんとあたしたち姉妹の子ども時代の話もときどきまじった。これは沙織ちゃんとあたしが主に話し、お姉ちゃんがところどころで口を挟む。

子どもふたりを除いた男性陣は、口数が少ない。ご主人は肉や野菜を完璧な火加減で焼きあげることに全神経を集中しているようだし、公太は両側から子どもたちに甘えられて、話をするどころではない。

意外にも、お姉ちゃんもけっこうなつかれている。子どもが相手でも言葉遣いを変えないので、難しい語彙《ごい》が出てくるたびに聞き返されている。

「さとちゃん、ゼツミョウってなに？」

「とっても上手ってことよ」

沙織ちゃんがかわりに答えた。絶妙な焼きかげんですね、とお姉ちゃんがご主人の腕をほめたのだ。

「アグレッシブってなに？」

「がつがつして勢いがあるってこと」

これは、お姉ちゃんが自分で答えた。あたしも知らなかった。男の子はアグレッシブなくらいがいいんじゃないの、と聞いて、いたずらっ子と頭の中で翻訳していた。

「けんちゃん、アグレッシブにお肉食べる」

健斗が宣言し、沙織ちゃんが首をかしげる。

「聡ちゃん、この使いかたでちゃんと合ってる？」

「まあ大丈夫かな」

「そう？　じゃあけんちゃん、アグレッシブにピーマンも食べなさい」

「ピーマンいらない。苦い」

「野菜も食ったほうがいいぞ。ほら、小さく切ってたれをつければ苦くないよ」

公太が諭し、ピーマンを細かく切り刻みはじめた。本物のお父さんみたいだ。実の父親のほうは、息子よりも網の上に気をとられているようでなにも言わない。

彼がはじめて自分から口を開いたのは、肉も野菜も焼き終わり、つまり食事も終盤にさしかかってからだった。

「結婚式、もうすぐですよね。ご招待いただいてありがとうございます」

あたしと公太を交互に見ながら、言う。

「こちらこそ、よろしくお願いします」

公太が背筋を正し、頭を下げた。あたしも横から言い添えた。

「おふたりみたいなご夫婦になれるように、がんばります」

おせじでも社交辞令でもなかった。ちょっとおおげさかもしれないけれど、あたしにとって沙織ちゃんは人生のお手本だ。生きかたというか人生設計というか、将来について考えるとき、まっさきに思い浮かぶのは実の姉ではなく沙織ちゃんなのだった。

お姉ちゃんのやりかたを否定するつもりはない。でも、まねはできない。するつもりもない。長くつきあって気心の知れた恋人と結婚し、地元で平和に暮らしている沙織ちゃんのほうが、はるかに参考になる。優しい夫、かわいい子どもたち、こぎれいな一軒家、友人を招き庭でバーベキューを楽しむ休日。あたしがほしいものを、沙織ちゃんはみんな持っている。

「そんなにいいものじゃないよ」

「そんなにいいものでもないですよ」

夫婦は顔を見あわせて照れている。息の合ったその対応も、いい。

「そんなことないです。こんな結婚生活が、あたしの、あたしたちのあこがれなんです」

口にしたら、胸がじわりとあたたかくなった。そうだ。あたしの望みは、公太と一緒にこんなふうに生きていくことなのだ。東京になんか行かなくても、大事なものはここにある。

今晩、公太にちゃんと謝ろう。家まで送ってもらうときにでも。

「ありがとう。光栄だわ」

沙織ちゃんがくすぐったそうに言った。ぽかんとしている息子たちに、

「公太くんと愛美ちゃんはね、結婚したらお父さんとお母さんみたいになりたいんだって」

と説明する。

「ふうん」

健斗はよくわかっていない顔で、首をひねっている。結婚という概念がまだ難しすぎるのだろう。拓斗のほうは、眉間にしわを寄せておとなたちを見回してから、おもむろに口を開いた。

「さとちゃんは？」

皆が凍りついたのにはかまわず、たたみかける。

「ねえ、さとちゃんは誰とケッコンするの？」


「あれはまずいよ」

と、公太は渋い顔で言った。

帰りは公太が車で家の前まで送ってくれた。お姉ちゃんが後部座席から降りた後、愛美、ちょっと、とひきとめられ、あたしはわくわくして助手席に残った。ひさしぶりにゆっくり話せると思ったのだ。

それなのに、公太はお姉ちゃんが家に入っていくのを見届けると、顔をしかめてあたしをじろりと見た。

「あれって？」

あたしは聞き返した。とぼけたわけではなくて、本当にわからなかった。

「ほら、めし食ってたときの。結婚するとかしないとかっていう」

公太が眉を寄せて続けた。

「予定がないひとの前であんまり騒ぐのって、ちょっと無神経なんじゃない？」

そこでようやく、なにを言われているのかあたしも理解した。

「大丈夫だよ。お姉ちゃんも気にしてなかったじゃん」

結婚はしないよ、とお姉ちゃんは平然と答えた。まだしない、ともつけ加えた。いつもと変わらない。変わらないどころか、これまでになく表情がすっきりしている気すらした。無理に強がっているわけではないことが、少なくともあたしには伝わってきた。

柏木さんと距離を置いているうちに、気持ちの整理がついてきたのかもしれない。

ディズニーランドからの帰り道、お姉ちゃんたちの間でも結婚の話題が出ていると柏木さんに聞いたときには、びっくりした。あたしやお母さんがそれとなく探りを入れても、仕事が忙しいしまだそういうことは考えられない、とお姉ちゃんはいつも明言していたのだ。

「聡美から聞いてる？」

あたしの驚きが伝わったようで、柏木さんは遠慮がちに言った。

「まあ、一応」

とっさに答えた。だまそうとしたのではなく、どこまで話が進んでいるのかが知りたかった。あたしにも協力できることもあるかもしれない。お世話になった柏木さんに恩返しできればとも思った。

お姉ちゃんのほうが渋っているとばかり、あたしは思いこんでいたのだった。

「愛美ちゃんはどう思う」

柏木さんが身を乗り出してきたので、困った。お姉ちゃんはがんこだから、ちょっとやそっとじゃ譲らないですよ、とはまさか言えない。

「どうって、いいんじゃないですか」

柏木さんがため息をついた。

「実は、ちょっとタイミングが悪い気がしてるんだよね、僕は」

あたしは耳を疑った。

結婚しようと切り出したのは、柏木さんではなくお姉ちゃんらしかった。件《くだん》のもめごとで、もし失業したら養ってくれないかと言われたそうである。

「聡美、今は弱気になってるだけだと思うんだよ」

柏木さんの意見に、あたしも同感だった。気の迷いとしか思えない。あのお姉ちゃんが自分から誰かに迫るなんて、しかも養ってほしいと持ちかけるなんて、信じられない。

「せっかく築いてきたキャリアを、やけになって投げ出すべきじゃないよ。聡美ならきっと乗り越えて、また一段と成長できる。これをチャンスととらえて、自分を磨いてもらいたいんだよな」

柏木さんは熱っぽく語っていた。あたしにはまるでぴんとこない理屈だったが、お姉ちゃんの心には響くかもしれない。さすがに長く一緒にいるだけあって、柏木さんはお姉ちゃんのことをわかっている。といっても、あたしには負けるだろうけれど。

どちらにしても、公太なんか話にならない。

「気にしてないっていってもさあ」

公太はまだぶつぶつ言っている。

「もうちょっと気遣いがあってもいいんじゃないの？　親しき仲にも礼儀ありって言うし」

「変に気を遣われるほうがいやだと思うよ」

あたしはいらいらしてきた。せっかく本人が平気だと言っているのに、周りがあれこれ気を回しても、よけいにややこしくなる。気を遣うといえば聞こえはいいけれど、憐れまれたり気の毒がられたりするのは、特にお姉ちゃんのような性格の持ち主にとっては、苦痛でしかないに違いない。

「そうかなあ？」

「そうだってば」

お姉ちゃんを知り抜いているあたしが言うのだから、間違いない。ちょっと親しくなったからって、わかったように口出しされても困る。だいたい、そんなにびくびくする必要があるのだろうか。結婚を間近にひかえた妹と一緒にいれば、その話題が出てくるのは当然だ。血を分けた姉なのだから、自分の状況はともかくとして、まずは祝福してくれるに決まっている。

「だけど、思いやりは必要じゃないかなあ。自分の基準で決めつけないほうが……」

「まだ怒ってるの？」

あたしは思わずさえぎった。

「ちゃんと帰ってきたじゃない。予定よりも早く」

「違うよ。おれのことはいいんだよ」

公太がうんざりしたように首を振った。じゃあなにがよくないの、と反撃しかけて、あたしは唇をかんだ。

要するに公太は、自分のためではなくお姉ちゃんのために、あたしをたしなめていると言いたいらしい。公太いわく「自分の基準」ですべてを片づけてしまうのは、お姉ちゃんのほうなのに。

「まあ、結婚がすべてってわけじゃないけどさ」

公太がぼそりとつぶやいた。返事をするかわりに、あたしは助手席のドアを勢いよく開けた。あたしには結婚がすべてってこと？ となじったところで、事態がよくなるとも思えない。

＊

せっかくだからあがってもらえばと母に言われ、公太たちに声をかけようとして玄関を出ると、愛美が車から降りてくるところだった。

顔を見て、面倒なことになったなと思った。夜目にもはっきりわかるくらい、険《けわ》しい表情をしている。つかつかと歩いてきた愛美は、わたしに気づいて口を開いた。

「ね、あたしって無神経？」

「は？」

やはり、けんかしたらしい。道中ずっと、とろけるような横顔を見せて運転する公太を見守っていたくせに、なにをもめたのだろう。

「ああもう、感じ悪い。あんたのほうが無神経だってば」

愛美は吐き捨てるように言い、わたしの横をすり抜けて家の中に入っていく。門の外で公太が車を出した。テールライトがみるみる遠ざかる。

玄関に座りこんだ愛美は、力任せにサンダルのベルトをひっぱっていた。

「なにこれ。はずれない」

焼酎や日本酒をじゃんじゃん飲んでいたのを、わたしは思い出した。あまり顔には出ない性質とはいえ、明るいところで見ると頰が赤い。目も充血している。

「ちょっと待って」

わたしはしゃがんでサンダルの金具をはずしてやった。ありがと、と愛美がつぶやく。

「ごめん」

しおらしくうなだれて、続けた。怒ったりしょげたり忙しいのも、おそらく酔っているせいだろう。

「なんか、はしゃぎすぎたかも。沙織ちゃんのおうちを見せてもらったら、気分が盛りあがっちゃって」

愛美は照れたように言い足した。気持ちはわからなくもない。夫と子どもと家、つまり愛美が望んでいるもの、そしてこれから手に入れようとしているものが、すべてあそこにあった。

愛美だけではない。この地域に住む若い女は、ほぼ全員がそこをめざして走っているのではないだろうか。ただし、子どものかけっこではないので、単に早くゴールに着けば勝ちというわけでもない。結婚し出産し家があるという事実だけでは足りない。大事なのは、中身である。夫の経済力や包容力、子どものかわいらしさや頭の出来、家の広さや新築か否かも問われる。そしてなにより本人が、妻としてまた母として、幸せか――幸せそうに見えるか――も重要になる。

沙織の結婚式のとき、出席した他の友人たちも、愛美と同じ目をしていた。披露宴のまるいテーブルで、沙織は勝ち組だね、とささやきあった。先を越されちゃったな、と冗談めかして言っていた子もいた。わたしだけが、内心しらけていた。負けたとも先を越されたとも思わなかった。沙織の花嫁姿はとても美しかったし、幸せになってほしいと心から祝福したけれども、うらやましくはなかった。わたしはかけっこではなく、違う種目を選んだつもりだった。

「今日みたいなの、いいよねえ」

愛美がはずんだ声で言う。

「うん。いいよね」

なにげなく賛成したら、びっくりしたように聞き返された。

「お姉ちゃんもそう思う？」

「悪い？」

少し恥ずかしくなって、言い返した。かけっこで張りあうつもりがないのは、今も変わらない。わたしは沙織をうらやましいとは思わない。沙織みたいになりたいとも思わない。

ただ、絶対になりたくないとも、思わなくなっている。昔のわたしなら、自分がかけっこを走るかもしれないと想像することすら耐えられなかった。

「悪くない、悪くない」

愛美があやすように答えた。

「だってすてきだもんね。沙織ちゃんはあたしの理想だよ。超あこがれ」

さっきは本人たちにも力説していた。そのときにもうっすらと覚えた違和感がまたよみがえり、わたしは口を挟んだ。

「だけど、沙織は沙織で大変なこともあるよ」

沙織はなんの不自由も不満もなく幸せに暮らしていると、わたしも海で話を聞くまでは信じこんでいた。他意はないとはいえ、周囲から向けられる無責任な先入観も、沙織を追いこんでいたのかもしれない。

「そうかな?」

愛美は首をひねっている。

「たぶんね」

しかたなく、あいまいに濁《にご》した。身内が相手とはいえ、よその家の内情をべらべらと話すのも気がひける。

「でもさ、せっかく楽しい気分だったのに、公太のせいでだいなしだよ」

ぺたんぺたんとはだしを鳴らして洗面所に向かいながら、愛美がまた話を戻した。

「そんな言いかたはないでしょう。運転するからってお酒もがまんして、かわいそうだったじゃない」

この暑い中で、しかもあれだけ大量に肉を食べて、ノンアルコールビールだけですませるなんて驚異的な自制心だ。わたしたちを安全に送り届けるためにひとり犠牲になって、健気《けなげ》だと思う。

「お姉ちゃん、ほんとに公太と仲よしになったよね」

愛美が廊下の途中で振り向いて、わたしをにらんだ。

「いいんだよ、公太はお酒がすごく好きってわけじゃないし。本人が運転するって決めたんだから、別に気の毒がることなんかないよ」

ぞんざいな口調で言う。

「お姉ちゃんにそうやって心配してもらえたら、公太も喜ぶかもしれないけどね」

「なに怒ってるの？」

酔っぱらいにからまれてまともにとりあってもしかたないと知りつつも、わたしはつい言い返してしまった。

「海に連れていってもらったのがそんなに気に入らないの？」

「いや、別にそれはどっちでもいいんだけど」

明らかにどっちでもよくなさそうな口ぶりで、愛美が答える。

「気分転換すればって、愛美がすすめてくれたんでしょう？　それに、公太ともっと仲よくしてほしいって愛美も前から言ってたじゃない？」

自分だって同じことをやってたじゃないの、とたたみかけそうになって、思いとどまる。それを持ち出すと話がまたこじれそうだ。

「怒ってなんかないよ。ただ、びっくりしちゃっただけ」

愛美がわざとらしく肩をすくめる。

「お姉ちゃん、公太のことは苦手なのかと思ってたから。よっぽど気が合ったんだね」

わたしはげんなりした。気が合ったというよりも、愛美のわがままに振り回されている者どうし、共感できたのだ。子どもっぽく嫉妬《しっと》する前に、まずは自分の行動を振り返ってみてほしい。愛美だって柏木と一緒に食事やディズニーランドに行っていた。仲よしぶりをさんざん見せつけておいて、公太やわたしを責める資格があるのか。

「苦手っていうかさ、ばかにしてたじゃない？」

「そんなことないって」

「ううん、してたよ」

愛美はむきになって続ける。まるで子どもの頃のけんかみたいだ。

けんかといっても、愛美が一方的につっかかってくるだけだった。わたしは受け流すか、もしくは一撃でやりこめるか、どちらにしても互角に言い争うことはほとんどなかった。ふだんは愛想がいいくせに、愛美は一度怒り出すとしつこい。おまけに、怒りが見当違いな方向にどんどん拡散していく。幼いうちは特にそうで、もともとなにに腹を立てていたのか、本人すらわからなくなってしまっているときさえあった。そうなったらもう収拾がつかない。

「公太のことだけじゃないよ。お姉ちゃんは、全部ばかにしてるんでしょ」

「全部？」

なにを言われているのか、よくわからなかった。

「ここにある全部だよ。あたしのことも、家のことも、この町のことも、お姉ちゃんは結局ばかにしてる」

愛美は両手を大きく伸ばして、宙に円を描いてみせた。

「沙織ちゃんのこともそうだよ。苦労してるはずって、なんでそんなえらそうに言えるの？　ひがんでるだけじゃないの？」

うすうす予想はしていたものの、さっきの自分の言葉がまったく理解されていなかったらしいことに、憤《いきどお》りよりも疲労を感じた。

「ちょっとこっちにいただけで、なにもかもわかったみたいに言わないでよ」

言い捨てて廊下をのしのしと歩いていく愛美の後ろ姿を、わたしは無言で見送った。


明くる朝、台所でコーヒーを淹れていたら、愛美がよろよろと入ってきた。白い顔をして、口もとをおさえている。

「大丈夫？　ふつか酔い？」

わたしは蛇口をひねり、コップに水をくんで渡した。

「頭痛い。気持ち悪い」

「そうみたいだね」

「なにこれ？　こんなの生まれてはじめてなんだけど」

「水飲んで寝とけば？　半日で治るよ」

「うそ、半日もかかるの？」

愛美ががっくりと肩を落とし、おぼつかない足どりでリビングに向かう。わたしもコーヒーの入ったマグカップを持って後に続いた。

「もう最悪。なんでこんなことに」

もしや記憶がないのか。

「なんでって、愛美、明らかに飲みすぎだったよ」

「そう？　でも、お姉ちゃんも飲んでなかった？」

愛美ほどではない。ちゃんと間にお茶も飲んでいた。

「愛美はアルコールばっかり一気に飲みすぎ。あんなことしたら、誰でも酔っぱらうよ」

しかも、かなりの悪酔いだった。

「公太とも早く仲直りしたほうがいいんじゃない」

思いついて、言い添えてみた。愛美はテーブルにつっぷしている。

「無理。しんどい」

「別に今じゃなくてもいいから」

「笑いごとじゃないよ」

わたしの声に苦笑がまじったのを聞きとったのか、愛美が暗い声で言った。

「今、ってことじゃないし」

「え？」

「このままじゃ無理かも。ていうか、きっと無理」

顔だけを少し上げ、上目遣いでわたしを見る。

「だって公太、あたしよりお姉ちゃんたちと一緒にいるほうが楽しそうだし」

「そんなわけないでしょ」

「お父さんもお母さんも、お姉ちゃんがいればそれで満足みたいだし」

「ひさしぶりだからだよ」

わたしはあきれて言った。

「愛美、もしかしてすねてるの？」

「すねてるわけじゃないよ。ただ、悲しいの」

愛美が再び顔をふせて、だだをこねるように激しく頭を振った。

「あたしが戻ってきても誰も喜んでくれないし、あたしがいなくてもみんな困らないし」

「なに子どもみたいなこと言ってるのよ」

「お姉ちゃんさえいれば、それでいいんだよ。最初から、お姉ちゃんじゃなくてあたしが東京に行けばよかったのかも」

「それ、本気で言ってるの？」

さすがに、腹がたってきた。酔っぱらってからんだかと思ったら、今度はぐずぐずといじけて、本当に子どもと変わらない。公太がどんな気持ちで愛美を待っていたかも知らないくせに、よく言う。

「本気だよ」

愛美がきっぱりとうなずいた。

「じゃ、かわろうか？」

怒りに任せて言ったわりには、落ち着いた声が出た。

「別にわたしはかまわないよ」

愛美が大きく目をみはった。

昼食をすませた主婦たちが買いものに出かける時間帯と重なってしまったらしく、スーパーはものすごく混んでいた。

レジの列には、前にも後ろにも子連れの母親が並んでいる。カートにのせたかごには肉やら野菜やら冷凍食品やらが、文字どおり山盛りになっている。その間に挟まれ、めんつゆと食パンと小さなアイスクリームのカップがふたつ入っているだけのわたしのかごは、ずいぶん貧相に見える。

子どもの頃、母は娘たちのどちらかが熱を出すと、アイスを買ってくれた。病人だけでなく、そうでないほうも、平等にひとつずつもらえた。愛美はチョコレートやらストロベリーやら濃い味が好きで、わたしは必ずバニラだった。こっそりひと口ずつ交換していたら、うつるからやめなさいとしかられた。ふつか酔いは病気ではないけれど、甘くて冷たいものが舌には心地いいだろう。

やっと順番がめぐってきて、いらっしゃいませとレジの係員が頭を下げた。年齢は愛美と変わらないくらいだろうが、ふくふくと太っているせいか老《ふ》けて見える。どこかで見た顔のような気がした。同じ小学校か中学の卒業生かもしれない。左手の薬指にはきつそうな銀色の指輪がはまっている。

　このへんで仕事を探すとしてもレジ打ちだけはやりたくないな、と思う。思ったとたん、軽い自己嫌悪に襲われる。

　こんなわたしが、かわろうか、とえらそうに言ってのけてよかったのか。

　愛美は明らかに傷ついていた。いらついて口がすべっただけで、追いつめるつもりはなかったのに。

　気がかりを抱えているときに飲みすぎると悪酔いする。よく知っている。ここに帰ってくる直前のわたしも、そうだった。柏木には失態を見せたくなくて、暴走しないように気をつけてはいたものの、愚痴っぽくなったり、失言をこぼしたりした。わたしは愛美ほど強くはないけれど、幸か不幸か記憶は飛ばないので、翌朝は猛烈に反省した。

　そんな情けないわたしを、柏木はいつも慰め、励まし、さりげなく話題を変えてくれた。困った顔を見せたのは、一度だけだ。

「克己さんが養ってくれるなら、別だけど」

　わたしが口にしたとき、柏木はまるで珍獣と出くわしたかのように目をまるくした。それから眉を下げ、なだめるように言った。

「それはちょっと、違うんじゃないかな」

　家に帰ると、まずアイスクリームを冷凍庫に入れた。窓の外から蟬の声が響いてくる他は、静かだった。愛美はまだ部屋で寝ているのだろう。生まれてはじめてのふつか酔いなら、よけいにきついに違いない。

もう子どもではないのだから、アイスだけで仲直りできるとは思わない。持ち直さないようなら、公太に頼んでさりげなく連絡を入れてもらったほうがいいかもしれない。

台所を出て、リビングに入った。ソファに座ろうとしたところで、ダイニングテーブルの上に白い紙が置いてあるのが目にとまった。近寄って手にとる。子どもじみたまるい文字が並んでいた。

東京にいきます。さがさないでください。

アイスクリームは、夕食の後に母とひとつずつ食べた。

そう、また戻っちゃったの。愛美のとんぼ返りを知った母の反応は、しごくのんびりしていた。あの子もいっつも急ねえ。まあ好きにしたらいいわ。最初からひと月のつもりだったんだしね。

二階の和室に戻って寝るしたくをしていたら、電話が鳴った。

てっきり愛美かと思って液晶に表示された名前を見ると、柏木だった。そういえばそろそろ長期出張から帰国する時期だったと思い出す。

「いつ帰ってきたの?」

日は聞いていたはずなのに、思い出せなかった。それ以前に、今日が何日なのかも定かでない。

「昨日の夕方」

柏木は答え、すまなそうに言い添えた。

「連絡遅くなってごめん。帰ってきたら、めちゃくちゃ仕事がたまってて」

「いいよ、気にしないで。おつかれさま」

われながら、やわらかい声を出せた。

「どうだった、出張？」

水を向けると、柏木は二週間にわたるヨーロッパ出張の戦果を話し出した。はじめは遠慮しているらしくおさえた口ぶりだったけれど、だんだん熱が入ってきた。

ひかえめに相槌を打ちつつ、耳を傾ける。もし今も会社で働いていれば、わたしも同行したはずだった。実家に戻ってきたばかりの頃だったら、とても平静に聞いてはいられなかっただろうに、不思議なくらい気分は波立たない。あの柏木が昂揚《こうよう》を隠せないほどに実りある出張だったことが、素直に喜ばしく思えた。高校野球のテレビ中継で、勝った選手たちが顔をくしゃくしゃにして抱きあう様子をほほえましく感じるのと同じように、穏やかな祝福の気持ちがわいてくる。

最後に少しだけ愛美の話も出た。まだ東京にいるのかと思いついたように聞かれて、そうだとだけ答えた。一度こちらに戻ってきたという経緯は省略した。身内の恥をわざわざ伝えることもない。

翌朝になっても、愛美からは連絡がなかった。

わたしが起きたときには、母は出かけていた。ダイニングテーブルの上に、買いものに行ってきます、と置き手紙があった。愛美の書き置きの裏だった。

裏返し、短い文章を読み返す。捜すなと言いながらしっかり行き先を明かしているところが、いかにも愛美らしい。追いかけてきてほしいという本心が透けて見える。それはわたしというより、公太に向けられたものだろうけれども。

公太には知らせるべきだろうか。紙をまるめてごみ箱に放り、思案する。一応は伝えておいたほうが無難かもしれない。別れるだのなんだのと騒いでいたのは本気とも思えないが、公太からも連絡がなかったら、愛美はますますへそを曲げかねない。ひと晩おいても音沙汰がないのも、まだ怒っているという意思表示だろう。逆に、たとえば公太が迎えにいけば、あっさり機嫌を直すかもしれない。マンションの場所を教えて、週末にでも様子を見にいってやってもらえないかと頼むという手はある。

そこまで考えて、あっと思った。

マンションの部屋の鍵は、わたしが持っている。愛美が東京から帰ってきた翌日に、返してもらった。

和室に駆けあがり、携帯電話を確かめる。着信はない。メッセージも入っていない。着信履歴の画面を開いて電話をかける。つながった、と思ったら、機械音声が流れ出した。ただいま電話に出ることができません。最後まで聞かずに、そのまま切った。

東京に戻るということは、先週までと同じように、わたしの家に泊まるとばかり思いこんでいた。おそらく本人もそのつもりで飛び出したのではないか。でももちろん、鍵がなければ部屋の中には入れない。

ひとりぼっちで雑踏の中をさまよう愛美の姿が頭に浮かび、あせって打ち消す。大丈夫だろう。都会に慣れていないとはいえ、小さな子どもではない。ひとりでなんとかできるはずだ。都心には、安いビジネスホテルも、二十四時間営業のファストフード店やファミレスもある。今どき中学生でも漫画喫茶で夜を明かせる。

もう一度、電話をかけてみる。さっきと同じだった。愛美はどうしても電話に出ることができないらしい。しかたなく、今度は留守番電話に伝言を残した。

「聡美です。どこにいるの？」

心配してる、と続けかけたのはのみこんだ。

「これを聞いたら、すぐに連絡ちょうだい」

待てど暮らせど、愛美から連絡はなかった。何回電話してもつながらない。留守番電話と同じ内容のメッセージも送ったが、反応はない。

気がついたら、わたしは駅まで車を走らせていた。

新幹線のホームで、ようやくわれに返った。最初に愛美に電話をかけてから、ものすごく長い間待っているような気がするけれど、よく考えればたった数時間しか経っていない。電話の充電が切れているのかもしれない。単に気づいていないだけかもしれない。こんなにしつこく連絡しているのだから、わざと無視しているというのはさすがに考えにくいが、その可能性もまったくないわけではない。おとといから昨日にかけて、愛美の様子はおかしかった。

でも、愛美はいくら機嫌をそこねているにせよ、姉にこれだけ心配をかけて平気でいられるような性格ではない。普通なら折り返してくるはずだ。どうしても折り返せない状況でもない限り。

ちょうどホームに新幹線がすべりこんできた。わたしは深呼吸をしてから、乗車待ちの列の最後尾についた。

上りの新幹線は空いていた。指定席の車両にはビジネスマンふうのひとり客がちらほら座っているだけで、話し声もしない。ホームでは、夏休みで東京に遊びに行くと思しき十代の女の子たちや、帰省していたのだろう母子連れも見かけたのに、みんな自由席に乗ったのだろうか。

窓の外を緑色の田んぼが飛び去っていく。こぢんまりとした村落の背後に、なだらかな山々が連なっている。のどかな風景を眺めても、気持ちはちっとも安らがない。鳴ったらすぐに気づくように、折りたたみ式のテーブルを出して携帯電話をのせ、目を閉じてシートにもたれた。駅弁らしきにおいが鼻をくすぐる。朝からなにも口にしていないのに、まったく空腹は感じない。

暗い想像を、頭の外へ追いはらう。考えてもしかたのないことは考えるべきではないと、柏木もよく言っている。今わかっている状況の中で、最善を尽くすのが大事なのだ。今わかっているのは、愛美が東京のどこかにいるということで、最善の策はすなわち、愛美を一刻も早く見つけ出すことである。

わたしだったらどうするだろう。どこに行くだろう。自問してみて、苦笑した。わたしだったら、こんなことにはなっていない。

心の中で、言い直す。わたしが愛美だったら、どうするだろう。

愛美になりきって考えてみる。腹だちまぎれに、勢いに任せて荷物をまとめ、家を出る。新幹線のホームか、あるいは座席に座ったあたりで、気分が少し落ち着いてくる。そこではじめて、マンションの鍵がないと思いあたる。でも引き返すのも癪《しゃく》にさわる。なんとかなるかと高をくくって、東京を目指す。

考えているだけで、いらいらしてきた。あの子は昔から計画性がない。困っても誰かが助けてくれるだろうと甘くみている。実際に周りがつい手をさしのべてしまうので、反省もしない。見知らぬ人間に声をかけられて、無防備についていったりしていないだろうか。いやまさか、二十六にもなってそれはない。ないと信じたい。

頭をぶんぶんと振って、こめかみをもんだ。気を散らしているひまはない。東京に着くまでには、愛美の居場所にあたりをつけておきたい。東京に詳しいわけではないから、多少なりとも土地勘のある、マンションのそばにいるんじゃないか。駅前に終夜営業のコーヒーショップがある。国道沿いにはネットカフェもある。他にもめぼしい店がないか、携帯電話で検索してみると、駅の反対側に漫画喫茶とファミレスもあるようだった。ついでに、愛美にまた電話をかけた。やはり出ない。もはやがっかりはしないが、脱力感に襲われる。

テーブルの上に電話を戻そうとして、ひらめいた。

仕事中だろうと気がついたのは、すでに呼び出し音が鳴りはじめた後だった。すぐにつながらなければ切ろうと決めたとき、柏木が出た。

「どうした？」

いぶかしげにたずねる。

「急にごめんなさい」

迷惑そうには聞こえなかったので、わたしは思いきって切り出した。

「愛美がつかまらないの。もしかしたら、克己さんに連絡があったんじゃないかと思って」

「愛美ちゃんから？　今日？」

柏木がけげんそうに聞き返し、わたしはそろそろと息を吐いた。柏木が合鍵を持っていることを愛美は知っている。わたしには連絡をとりづらくても、こっそり助けを求めているかもしれないと思いついたのだが、読みははずれたらしかった。

「けんかでもしたの？」

心配そうにたずねられ、まあ、ちょっと、とわたしは言葉を濁した。

「ごめんなさい、仕事中に」

「全然かまわないよ」

柏木の声は優しかった。

「愛美ちゃんから連絡あったら知らせるよ。こっちからも電話してみたほうがいいかな？」

「いいのいいの、そこまでしてもらわなくても。本当にごめんなさい、忙しいときに」

気持ちはうれしいけれど、これ以上は迷惑をかけられない。身内のいざこざで柏木のじゃまをしてしまったのが恥ずかしい。わたしは自覚しているよりも動転しているのかもしれない。

「謝らなくていいって。聡美に頼ってもらえるなんて、めったにないことだし」

真摯《しんし》な口ぶりに、ますますいたたまれなくなった。家族の問題なのに、多忙な柏木を巻きこむなんて最低だ。

「どっちにしても、また電話するよ」

「ありがとう」

見えないとわかっていながら、何度も頭を下げていた。電話を切ると同時に、東京駅への到着時刻を知らせる車内放送がはじまった。

＊

まぶたを開けたら、目の前に見知らぬ子どもがふたり立っていた。おそろいのワンピースを着て手をつないでいる。頭には、これまた同じように、バスタオルをぐるぐる巻きにしている。

「あっ、生きてた」

ピンクのワンピースを着た、小さいほうが言った。沙織ちゃんの次男くらいの年頃だろうか。

「生きてたねえ」

大きいほうがうなずく。こちらのワンピースは水色だった。

「なにしてるの。もう行くよ」

ふたりの後ろから、鋭い声が飛んできた。子どもたちがぴょこんとはねるように背後を振り向く。あたしの眠気も一気に飛んだ。

「すいません」

脱衣所の壁一面に並んだロッカーの前で、あぐらをかいて化粧をしていた若い母親が、あたしに軽く会釈した。白っぽい金髪とどすの利いた低い声がよく似合っている。あたしもあわてて頭を下げ返す。湿った髪が頰にあたった。

浴場から出て、ほてった体を休めようと隅のソファに腰を下ろしたところで、記憶がとぎれている。

死んでいると子どもに勘違いされたくらいだから、そうとう深く眠りこんでいたのだろう。無理もない。昨晩は一睡もできなかった。二十四時間営業のファミレスでは、テーブルにつっぷして寝ているお客さんもちらほら見かけたけれど、あたしにそこまでの度胸はなかった。

娘たちがぱたぱたと音を立てて母親のほうへ駆けていく。はだしの足のうらが小さい。母親が姉の頭からタオルをすぽんと引き抜き、姉がそっくり同じしぐさで、妹のタオルをとってやっている。しかられるのがこわいのだろう、ふたりとも横目だけでちろちろとこちらをうかがっている。また死んでしまうのではないかと疑われているらしい。実際は、一日ぶりに汗を流してさっぱりして、どちらかといえば生き返った心地なのだけれども。少なくとも、肉体的には。

あたしはぐずぐずと立ちあがった。ロッカーを開けてかばんを探り、携帯電話を出す。これも持ち主と同様、さっき生き返ったばかりだ。

携帯電話の販売店は、銭湯のすぐ隣にあった。店員は快く充電器を貸してくれた。店を出るなり電源を入れると、電池が切れていた間の電話やメッセージの着信履歴が、古い順から液晶画面に表示された。予想よりも多かった。今日の朝から午後にかけて、公太から二回、お姉ちゃんからは七回も電話がかかってきていた。留守電にこわばった声の伝言も残されていた。

お姉ちゃんに連絡しなければいけない、それとも公太を先にしようか、と眠くて暑くてもうろうとした頭で考えていたら、視界の端で色鮮やかなのれんが揺れた。吸い寄せられるように、足が向いた。

ソファに戻り、電話を両手のひらで挟んで、背もたれに体を預ける。ビーチサンダルをはいた子どもたちが、母について出ていこうとしている。名残《なごり》惜しそうにこちらを振り向いているのがかわいらしくて、あたしは小さく手を振ってみた。妹が笑って手を振り返してくれた。姉のほうは警戒したような目つきになって、妹の腕をひっぱっている。

すぐに連絡するようにというお姉ちゃんの伝言を、わざと無視したわけではない。くたびれてぼろぼろの状態よりも、ひと風呂浴びてすっきりしてからのほうが、うまく話ができそうな気がしたのだ。でも逆だった。考えれば考えるほど、連絡するのは気が進まない。留守電の声色と、七回もの着信履歴からして、怒っているのは間違いない。啖呵《たんか》を切って出ていったくせに鍵を忘れるなんて、とばかにもされるはずだ。確かに自分でもまぬけだと思う。

子どもの頃から、あたしはよく家の鍵を忘れた。運悪くお母さんも出かけているときは、公太や友達のうちに遊びにいって時間をつぶすか、門の前にしゃがみこんで家族の帰りを待った。そのうち戻ってくるとわかっているのに、あたりが暗くなるにつれて心細くなってくる。帰ってきたお母さんやお姉ちゃんに飛びついて出迎えては、またなの、とあきれられたものだった。

電話よりも、メッセージにしようか。大丈夫だから心配しないでと書いて送れば、ひとまず無事は知らせられる。メッセージもお姉ちゃんと公太から一通ずつ届いていた。お姉ちゃんのほうは留守電と同じ内容で、公太のはもっと長い。おととい は言いすぎて悪かったと謝り、近いうちに会いたいから都合を教えてほしいと書いてある。

読み返してみて、あたしがまた東京に戻ったとお姉ちゃんから聞いたのだろうと気づいた。さっきは眠くて気が回らなかった。あえてそこにはふれていないのが、かえってわざとらしい。仲直りするように諭されたのか、それとも、歩み寄ってやってもらえないかと頼まれたのか。なんだかなあ、と思う。反省してくれるのはいいけれど、それがお姉ちゃんのおかげだとすると素直に喜べない。

とりあえず、お姉ちゃんに返信することにした。大丈夫だから心配しないで、と書いたところで、詰まる。

本当は、あんまり大丈夫じゃない。

ファミレスで夜を明かすのは一晩が限界だった。でも、ひとりでホテルに泊まるのももったいない気がする。鍵さえあれば、とゆうべから百回くらい考えたことを、また考える。お姉ちゃんの部屋が使えるなら、好きなだけ東京にいられるのに。このまますごすごと地元に帰りたくない。

鍵さえ、あれば。あのマンションに、大家さんは住んでいるのだろうか。管理人でもいい。妹だと説明すれば、予備の鍵を貸してくれないだろうか。東京でそんな融通《ゆうずう》は利かないだろうか。

考えをめぐらせているうちに、はたと名案を思いついた。会ったこともない大家さんをあてにするより、もっとてっとりばやくて確実な方法がある。

柏木さんは、すぐに電話に出てくれた。

「ひさしぶり」

のんびりとした声を聞いて、気持ちが和んだ。

「おひさしぶりです」

「元気だった？　この間はありがとう」

あたしが地元にいったん帰っていたのは知らないようだ。お姉ちゃんは柏木さんに話していないらしい。ということは、昨日から今日にかけての顚末《てんまつ》も伝わっていないに違いない。ちょうどいい。柏木さんにも相談していたらややこしいと思ったけれど、よく考えてみれば、あのお姉ちゃんが姉妹げんかをいちいち報告するはずがなかった。言い争いの末に妹が家を飛び出したというのも、鍵を忘れていったから心配しているというのも、みっともなくて打ち明けられないだろう。

「元気は、元気なんですけど」

あたしはお姉ちゃんとは違って、下手にとりつくろわず、正直に事情を話した。一度地元に戻ったこと、実家では毎日つまらなかったこと、それで気が変わって東京にとんぼ返りしたこと。なぜ地元に戻ったのか、どうして毎日つまらなかったのか、詳しい説明ははしょったものの、うそはついていない。

「そうか、鍵がないのか」

ひととおりあたしの話を聞き終えて、柏木さんはつぶやいた。思ったよりも驚いていないようだった。ばかにしているふうでもない。

「それは大変だったね」

と言い足しただけで、説教じみたことを言い出すでもなかった。あたしはすっかりうれしくなった。やっぱり柏木さんは心が広い。味方になってくれるはずだと信じていた。

「お姉ちゃんちの合鍵、貸してもらえませんか?」

持ちかけてみたら、柏木さんはあっさりと承諾した。

「いいよ。今、どこにいるの? よかったら持っていこうか」

「お姉ちゃんちの最寄り駅のそばです」

願ってもない申し出に、声がはずんでしまった。至れりつくせりだ。あんまり簡単に事が運んで、戸惑ってしまうくらいだった。さすがにあつかましすぎるかと思って、つけ加える。

「でも大丈夫ですか? あたしが取りにいきましょうか」

「いや、持っていくよ。愛美ちゃんも疲れてるでしょ」

あたしは脱衣所の壁にかかった時計を見あげた。もうすぐ五時だ。柏木さんが定時で帰れるとは思えないので、会社を抜けて届けてくれるつもりなのだろう。

「……いいんですか?」

申し訳ない気もするが、本人がせっかくそう言ってくれているのに断る理由もない。もうくたくたで、なるべく動きたくない。

「いいよ、いいよ。気にしないで。駅前にいるんだったら、三十分後くらいに改札の前でどうかな」

「すみません、じゃあお言葉に甘えて。よろしくお願いします」

電話を切ると元気がわいてきた。手早く身支度をととのえる。余った時間で、珍しくドライヤーを使い、薄く化粧もしてみた。

お姉ちゃんや公太からまた連絡が入るかと思ったけれど、電話は鳴らない。怒っているのか、それとも、あきらめたのか。あたしは携帯電話をマナーモードにして、ボストンバッグに押しこんだ。どっちでもいい。お姉ちゃんにメッセージは送った。公太とも連絡をとりあっているようだから、どうせ話は伝わるだろう。


五時半ちょうどに、柏木さんは改札から出てきた。黒いスーツの上下を着て、相変わらずぱりっとしている。やはり会社に戻るつもりなのか、手ぶらだった。

「お待たせ」

「ありがとうございます」

あたしは深々と頭を下げた。鍵が手に入ったからというだけでなく、柏木さんの顔を見たら、なんだかすごくほっとした。東京に帰ってきたんだ、とようやく実感できた。

「忙しいのにすみません」

今さら恐縮していると、柏木さんはほがらかに笑って首を振った。

「緊急事態だからね。困ったときはお互いさま」

うんうん、と自分の言ったことに自分でうなずいて、あたしのボストンバッグに手を伸ばす。

「送っていくよ」

歩きはじめた柏木さんに、あたしも並んだ。夕方の商店街はにぎわっている。風が出てきたので、少し涼しい。空は淡く水色に澄んでいる。つくりものみたいな白くてまるい雲が、ぽかりぽかりと浮かんでいる。

鍵を渡してそのまま帰ってしまうかと思っていたのに、柏木さんは本当に優しい。地元で雑に扱われたせいか、こういう心配りが胸にしみる。うちに着いたらお茶でも飲んでいってもらおうか。それとも、また前みたいに柏木さんがコーヒーを淹れてくれるだろうか。ひょっとしたら、荷物を置いた後、どこかで夕ごはんでもと誘われるかもしれない。

本当に、かわってもいいの？　心の中で、お姉ちゃんに問いかける。ねえお姉ちゃん、本当に、本気なの？

「大丈夫？　疲れちゃった？」

心配そうな声で、現実に引き戻された。柏木さんが二、三歩ほど前で足をとめ、振り向いていた。考えているうちに歩調が落ちてしまっていたらしい。

「大丈夫です。元気です」

あたしは小走りに距離を詰めた。柏木さんがやわらかく微笑む。

「そう？　それならいいんだけど」

「元気です」

繰り返し、それだけでは足りない気がして、あたしはつけ加えた。

「やっぱり東京はいいですね」

言ったそばから、唐突だなと自分でも思う。でも、言っておきたかった。柏木さんに、聞いてほしかった。

「そうかな」

「そうですよ。うちの地元、ほんとになんにもなくて。遊ぶっていっても、シネコンで映画見るか、モールでぶらぶらするか、あとは海に行くくらいだし。食事だってフードコートかファミレスで」

どんどん口調がひがみっぽくなってしまう。海という単語を出したのも、たぶんよくなかった。いきなり滔々《とうとう》と話し出したあたしの剣幕に驚いたのか、柏木さんは浅くうなずいただけでなにも言わない。

「それが普通だと思ってたから、これまでは別に不満もなかったけど。でもお姉ちゃんにとっては、東京のほうが普通だったんですよね」

お姉ちゃんは東京を選んだ。生まれ育ち、今もあたしたち家族が暮らしている故郷に、ぷいと背を向けた。

「それなのに」

今さらかわってもいいなんて、と言いかけて、寸前で思いとどまった。柏木さんに対して、失礼すぎる。

「まあ、でも、その」

柏木さんはもぐもぐと口ごもり、困ったようにため息をついた。

「詳しい事情はわからないけど、一度ゆっくり聡美と話してみたほうがいいよ」

「はあい」

あたしはしぶしぶうなずいた。

マンションに着くまで、柏木さんはほとんど喋らなかった。考えごとにふけっているようだったので、あたしも話しかけなかった。お姉ちゃんのことを考えているような気がしたから、なおさらじゃましたくなかった。

けれど五〇一号室の前に立ち、柏木さんがおもむろにインターホンを押したのを見たときには、さすがに笑ってしまった。あたしもぼんやりしていて、両親が出かけているとわかっているのにインターホンを鳴らしてしまうことがときどきある。

「柏木さん、鍵」

柏木さんがばつの悪そうな顔になって、インターホンから手をひっこめた。ふと、はじめて会った日のことを思い出した。このドアを開けたら、いきなり掃除機とともに見知らぬ男のひとが現れて、あたしは仰天したのだった。

「覚えてますか？」

声をかけたあたしの前で、ドアが勢いよく開いた。

＊

愛美は目をまるくして、わたしを見た。のんきに笑っていた名残だろう、口もとがゆるんでいる。

「お帰りなさい」

どなりつけたいのをこらえて、できる限りおさえた声を出す。

「ひさしぶり」

口をぱくぱくさせている愛美のかわりに、柏木が小声で応じた。そういえばひと月近くも顔を合わせていないのだ、と遅ればせながら思いいたり、わたしは無理やり笑顔を作った。

「うん。ひさしぶり」

再会を喜びあうはずのところなのに、どうしても柏木よりも愛美に目がいく。あんまりだ、と思う。

呆《ほう》けたようにわたしの顔を見つめていた愛美は、助けを求めるかのように横の柏木へと視線を移し、それからあからさまに顔をしかめた。やっと状況をのみこめたらしい。どちらにともなく、ぼそりとつぶやく。

「ひどい」

「ごめん」

柏木がうつむいた。

「克己さんは悪くない」

わたしは急いで言った。すべては愛美のせいだ。柏木が謝る必要はまったくない。愛美が逃げ出さないように、わたしから連絡が入っていることは伏せておいてくれた機転もすばらしい。

「コーヒー、淹れるよ」

柏木が意を決したように宣言し、かがんで靴を脱ぎはじめた。つむじのあたりに向かって、ありがとう、とわたしは声をかけた。つったっている愛美にも、うながす。

「あがれば」

柏木はもの言いたげにわたしたちを見比べて、結局はなにも言わずに部屋の中へ入っていった。愛美もとうとう観念したらしく、両足をこすりあわせるようにしてサンダルを脱いだ。

テーブルを挟み、わたしと愛美が向かいあって腰を下ろした。柏木はコーヒーの入ったマグカップをわたしと愛美の手もとにそれぞれ置いてから、テーブルを離れてソファベッドに腰かけた。

「どうして来たの?」

吐き出すように、愛美が言った。胸の前で腕を組み、椅子の背にだらりと身を投げ出すように座っている。反抗期の男子中学生みたいだ。

「ほっといてくれたらいいのに」

落ち着け、とわたしは自分に言い聞かせる。ここで怒っても逆効果になる。なにしろ相手は男子中学生並みの単純な思考回路で動いている。

「うちに帰ったほうがいいんじゃないかと思うんだけど」

穏やかな口調を心がけた。愛美はわたしを見ない。唇を引き結び、ふくれっ面でテーブルの上に目を落としている。

「早く帰って、公太と仲直りしなよ」

愛美を待っている間に、どうするのが妹にとって一番いいのか、姉としてじっくり考えてみたのだった。

東京を気に入ったという愛美の言葉を額面どおり受けとめるなら、いろいろと選択肢はありうる。このましばらく東京で暮らすこともできる。計画どおりに残り二週間でも、あるいはもっと長く、気のすむまで過ごしてもいい。極端にいえば、気持ちの整理がつくまで結婚を延期することだって、まったく不可能というわけではない。

けれど、あらためて愛美の行動を思い返してみると、本当にそうしたがっているとも思えなかった。

「東京より地元のほうがいいと思ったから、早めに切りあげて戻ったんでしょ?」

楽しかったと口では強がっていただけで、本音は違ったんじゃないか。かわろうか、とわたしがなんの気なしに言ったときの、傷ついた表情も忘れられない。地元での生活に愛着がなければ、あんな顔をするはずがない。

「あっちが愛美の居場所じゃないの。親も友達も、公太もいて」

愛美は答えない。都合が悪くなると黙りこむのだ。

「意地張ってないで、帰りなよ。また同じことの繰り返しになるよ」

「意地なんか張ってない」

愛美がうるさそうに首を振った。

「公太も待ってるよ」

「待ってないじゃん。誰もあたしのことなんか待ってなかったくせに。お姉ちゃんも、公太も、お母さんたちだって」

「だから、そうやっていじけるのはやめなって」

だんだんわたしもいらいらしてくる。本当に、しつこい。せっかく愛美のためを思って言ってあげているのに、どうしてこんなに強情なのか。

「ひとりで勝手にすねてても、いいことないよ。ちゃんと公太と向きあわないと。逃げてたってなんにも変わんないよ」

愛美がはじかれたように顔を上げた。

「お姉ちゃんはどうなの？」

「どうって？」

「あたしは逃げてなんかないよ」

愛美が言いきった。妙に鋭い目つきをしている。

「東京に来たかったから、来たんだもん。お姉ちゃんこそ、東京から逃げてきたんじゃないの？　自分は田舎で癒《いや》されて満足してるのかもしれないけど、えらそうにお説教されたくないよ」

「なによそれ？」

声が上ずってしまった。

「どういう意味？」

「わかってるくせに」

愛美がこばかにしたように眉を上げ、思わせぶりに後ろを振り向いた。わたしもつられて柏木を見やる。

「いや、あの……」

柏木は口ごもり、手もとのマグカップをもてあそんでいる。

「そんな意味で言ったんじゃなくて……」

わたしは絶句した。そんな意味もこんな意味もない。信じられない。こういうデリケートな問題を、どうして愛美なんかにぺらぺらと喋ってしまうのか。職場を追われて実家に逃げ帰ったなんて、家族にだけは知られたくなかった。

「柏木さんは悪くないよ」

愛美がにやにやと言う。

「あたしたち、お姉ちゃんのこと心配してたんだよ」

ね、と柏木にうなずきかけると、わたしのほうに向き直る。勝ち誇った笑みを浮かべている。

「ねえ、お姉ちゃんはどうするの？　いつまで実家にいるつもりなの？　もう東京には戻らないの？」

「今はわたしの話じゃないでしょ」

「ほらまた、そうやって逃げる」

かろうじて態勢を立て直そうとしているわたしを、愛美はにらみつけた。

「逃げてたってなんにも変わんないって、お姉ちゃんが言ったんだよ」

「話をすり替えないで」

「お姉ちゃんこそ」

「まあまあ、ふたりともちょっと落ち着いて」

柏木が遠慮がちに割って入った。

「落ち着いてるよ」

「落ち着いてます」

わたしと愛美の声がそろった。

「でも……」

「克己さんは黙ってて！」

思わず、さえぎってしまった。愛美が驚いたようにわたしを見た。柏木もぽかんとしている。わたしは声を落とし、つけ加えた。

「これは、わたしたちの問題だから」

静かに部屋を出ていく柏木を、わたしはひきとめなかった。顔もまともに見られなかった。のれんの向こうで、玄関のドアが閉まる音がした。

「柏木さん、かわいそう」

愛美がテーブルに頬杖《ほおづえ》をつき、上目遣いでわたしを見やる。

「あんな言いかたされたら傷つくよ」

「大丈夫。克己さんはちゃんとわかってくれてるから」

わたしが言うと、愛美は鼻で笑った。

「お姉ちゃん、言ってることとやってることが違いすぎじゃない？」

「は？」

「克己さんは黙ってて！」

ヒステリックに叫んでみせる。頬がかっと熱くなった。愛美がくいとあごを上げ、わたしを見た。

「柏木さんがわかってくれてるって、本気で思ってる？　どっちかっていうと、あんたにはわかんないんだから黙ってろって聞こえたけど？」

「それは……」

わたしは答えに詰まった。

「お姉ちゃんこそ素直になりなよ。あたしと公太を心配してくれる前に、自分のことをちゃんとすれば？」

愛美がにやりと笑った。

「柏木さん、いいひとじゃん。優しいし、おとなだし」

そんなことはとっくに知っている。柏木と知りあってまもない愛美に、わざわざ教えられるまでもない。言い返しそうになって、ぐっとがまんした。こっちがむきになればなるほど、この子は図に乗る。

「こんなことですれ違っちゃったら、もったいないよ」

いったい誰のせいよ。のどもとまでこみあげてきた言葉を、柏木の淹れてくれたコーヒーで流しこむ。すっかり冷めてしまっているものの、なつかしい味が舌に広がって、少しだけ気持ちが鎮《しず》まった。

「そうね。困ったときには、こうやって助けてくれるしね」

愛美の笑顔が固まったのを見届けて、コーヒーを一気に飲み干した。テーブルを離れて流しに立つ。

仲よくなったつもりか知らないが、いざというときには、もちろん柏木はわたしの味方なのだ。わたしのことを第一に考えて、わたしのために手を尽くしてくれる。

「そうだよね」

背後から愛美の声が近づいてきた。不気味なほど明るい口ぶりだった。虚勢を張っているだけだとわかっていても、少し身構えてしまう。

愛美がわたしの横に立ち、残っていたコーヒーを流しの中に勢いよくぶちまけた。わたしの分と柏木の分、すでに置いてあったふたつのマグカップが茶色く染まった。

「ほんと、柏木さんは完璧だよ」

空になった自分のカップも横に並べ、愛美はキッチンを出ていった。わたしは蛇口をひねった。流れ出た水で、すぐにマグカップがひとつ満杯になった。向きを変え、三つにまんべんなく水をかける。たまった水があふれ出て、コーヒーの茶色が薄まり、透明に変わる。

「結婚のことも、そのうち気が変わるかもしれないよ」

水を流しっぱなしにしたままで、わたしは振り向いた。椅子に座り直した愛美と目が合った。唇をゆがめて、得意そうに笑っている。

「愛美には関係ないでしょう」

声が震えた。

「関係ないけど」

愛美はわたしの顔を見て、うろたえたように目をふせた。

「そんなに怒らないでよ。ちょっと言ってみただけじゃん」

水音がうるさい。わたしは乱暴に蛇口を締めて、テーブルに戻った。

「それも克己さんから聞いたの？」

聞いてはいけないとわかっているのに、聞いてしまう。たずねるまでもない質問だった。本当に確かめたいことの、前置きのようなものだ。

「なんて言ってた？」

愛美が顔を上げた。真意を探るように、わたしの目をのぞきこむ。

「教えて。知りたいの」

まっすぐに見つめ返して、続けた。愛美があきらめたように口を開いた。

「まだそのタイミングじゃないと思うって、言ってた」

あ、でも、と早口で言い添える。

「お姉ちゃんのためにそうしたほうがいいっていう感じだったよ。別に結婚そのものがいやだってわけじゃなくて、単に時期がよくないだけ、みたいな？」

わたしは愛美の声をぼんやりと聞いた。慰められているのか。励まされているのか。それとも、憐れまれているのか。

「だからさ、自信持ってよ。お姉ちゃんが本気で頼めば、きっと大丈夫だよ」

本気で頼む？　わたしが柏木に？　結婚して下さい、って？

「それか、あたしからさりげなく言ってみよっか？」

めまいがしてきた。頭痛も。この不毛な会話を早く終わらせたい一心で、わたしは口を挟んだ。

「大丈夫。自分でなんとかするから」

「そう？　お姉ちゃんはいつもそうだけど、ひとりで抱えこむのってよくないよ？　もっと周りにも頼ったほうがいいよ」

愛美が優しく言った。

「お姉ちゃんの気持ちもわかるけどさ」

「わかるの？」

とっさに、言い返していた。

愛美にわたしの気持ちがわかるのか。やっと軌道《きどう》に乗ってきた仕事、尊敬でき高めあえる恋人、努力に努力を重ねてつかんできたものを、わたしはほとんど失いかけている。こうなったら腹を括《くく》って田舎で生きていくしかないかもしれないとさえ、考えはじめている。ぎりぎりまで追いこまれたこの気持ちが、失望と絶望が、ぬるい生活をのほほんと続けてきた愛美にわかるのか。誰からも好かれ、周囲からの善意に守られ、それを当然のこととして気楽に生きてきた愛美に。

「わかるよ」

愛美がこともなげにうなずいた。心なしか胸を張っている。わたしの全身から、力が抜けていく。

「だって妹だもん」

そう、ありがとう、とこちらもあっさりと受け流すべきだった。どうせわかりあえない。言い争っても時間のむだだ。らちが明かない。

それなのに、言ってしまった。

「そういうの、やめてくれない？」

「そういうの？」

けげんそうに眉をひそめ、愛美がわたしを見た。

「調子のいいことばっかり、適当に言わないで。愛美にわたしの気持ちがわかるわけない。誰の気持ちも。自分のことしか考えないで、みんなに迷惑かけて」

愛美の顔がみるみるこわばった。目を大きく見開き、口はへの字にゆがんでいる。わたしはうんざりした。子どもの頃から、この表情は泣き出す前の定番だった。

でも愛美は泣かなかった。そのかわり、鼻をつまんだ。わたしははっとして手を下ろす。自分も鼻をつまんでいることに、気づいたのだ。

「じゃあ」

愛美も鼻から手を離して、ひらたい声で言った。

「お姉ちゃんにはあたしの気持ちがわかるの？」

せきたてられるように話し出す。

「かわってくれるって言ったよね？　なのに、あたしがこっちに来たら、あせって連れ戻しにきたんだよね？　いざとなったら惜しくなったんでしょ？」

まくしたてながら、椅子を蹴り倒すような勢いで立ち、大股《おおまた》でわたしの椅子の前までやってくる。

「適当なのはどっちよ？　覚悟もないのに、いいかげんなこと言わないでよ。お姉ちゃんこそ、ごまかすのはやめなよ」

わたしもつられて立ちあがった。愛美のほうが背が低く、見上げられているのに、どういうわけか見下ろされているような感じがする。やめて、と言いたいのに、声が出なかった。

「痛々しいよ。ひとりで悲劇のヒロインぶっちゃって。自分のことばっかり考えてひとの気持ちがわからないのは、お姉ちゃんのほうじゃないの？　だから、いろいろうまくいかなくなったんじゃないの？」

もう聞きたくない。なんにも聞きたくない。のどの奥に押しこめられた声が頭の中へ逆流して、わんわんと反響している。聞きたくない、聞きたくない、聞きたくない。

ぱちん、という音が、ばかに大きく響いた。頭の中の声がぴたりとやんだ。

愛美が左の頰を押さえて後ずさった。振りあげた右手を、わたしはそろそろと下ろした。手のひらが、ひりひりと熱い。

＊

はじめ、痛みは感じなかった。あまりにもびっくりしていたせいだと思う。それから、じんわりと頬が熱を持ちはじめた。

お姉ちゃんにぶたれるなんて、生まれてはじめてだった。いや、お姉ちゃんだけじゃない。あたしはこれまで誰にも、お父さんやお母さんやもちろん公太にも、手を上げられたことはない。お姉ちゃんは魂が抜けたような無表情で、自分の手のひらをまじまじと見ている。お姉ちゃんも、これまで誰にも手を上げたことなんかないだろう。あたしとけんかしたときにも、その必要はなかった。お姉ちゃんは指一本動かさず、たった数分、下手したら数秒であたしを言い負かした。

なんて言ったらいいのか、全然わからない。ついさっきまで、あんなに夢中で話していたのに。誰かがあたしの口を乗っとって喋っているみたいに、すらすらとよどみなく言葉が出てきたのに。

気まずい沈黙を破ったのは、玄関のチャイムだった。

あたしたちがその場につったっているうちに、二度目が鳴った。柏木さんが戻ってきてくれたのだ。

出迎えてあげたほうが仲直りしやすいだろうに、お姉ちゃんは動こうとしない。しかたなく、あたしがドアに向かって足を踏み出したところで、三度目が鳴った。催促《さいそく》するようにノックの音が続く。

柏木さんが事態を収拾してくれますように、と祈る。そもそも結婚の話がお姉ちゃんを激昂させたきっかけのひとつだったから、柏木さんがなだめようとしてもかえって刺激してしまうかもしれないけれど、こうなったら当事者になんとかしてもらうしかない。

思案しながらのれんをくぐり、ドアを開けて、あたしは息をのんだ。立っていたのは柏木さんではなかった。

「帰ろう」

と公太は言った。

公太が部屋に入ってきても、お姉ちゃんは一瞬だけ目を上げたきり、特になにも言わなかった。テーブルにひじをつき、あたしたちのことをぼうっと見ている。

「帰ろう」

公太は部屋の真ん中に仁王立ちして、ベッドに腰かけたあたしに向かって繰り返している。あたしと公太とお姉ちゃんという組みあわせはここのところ何度かあったのに、場所が違うとおかしな感じがする。

「早く帰ろう。おれも悪かったよ」

　切なげな声が耳に心地よくしみわたり、じんとした。いつもの公太だ、と思う。よそよそしくも説教くさくもない、愛美がいないとおれは生きていけないと真顔で言ってくれる、公太だった。

「なあ、愛美」

　公太が途方に暮れたように言葉をとぎらせた。あたしはわくわくして続きを待つ。いくらでも待てる気がした。もったいぶるつもりはないけれど、すぐに返事をするのが惜しいようにさえ感じる。

「一緒に帰ろう。な？」

　再びたたみかけた公太と目が合った。潤んだ瞳で見つめられ、あたしはわれに返った。公太は本当にせっぱつまった目つきをしている。

　われに返って、とたんに恥ずかしくなった。あたしもお姉ちゃんを責められない。自分のことばっかり考えている。平日だから仕事もあるはずなのに、公太はなにをおいてもあたしのために駆けつけてくれたのだ。

　ごめんが先か、それとも、ありがとうが先か。少し迷い、まずは感謝を伝えようと決めて、あたしは口を開きかけた。でも、それよりもほんの少しだけ早く、公太が視線をふいと横にずらした。

すがるような目で、公太はお姉ちゃんを見た。

さっきまで放心しているようだったお姉ちゃんが、励ますように小さくうなずいた。あたしは半開きになっていた口を閉じて、それからまた開いた。

「どうして来たの？」

お姉ちゃんと公太が、同時にあたしのほうに向き直った。どっちの顔を見たらいいのかわからなくて、あたしは視線を宙にさまよわせる。こんなことをたずねたって意味なんかない。答えはちゃんとわかっている。

お姉ちゃんが突然やってきた公太を見ても驚かなかったのは、当然だ。お姉ちゃんが公太を呼んだのだから。

「無理しなくてもよかったのに」

あたしに帰ってきてほしいという気持ちは本物だとしても、お姉ちゃんにあおられなければ、公太がはるばる東京まで迎えにきてくれたかはあやしい。わがままな妹だけど大目に見てやってほしいとかなんとか、うまいぐあいにそそのかされたのだろう。すべてお姉ちゃんのお膳立《ぜんだ》てだとも気づかずに、感激していた自分がばかみたいだ。

公太の顔が、部屋に入ってきたときとはまた違うふうに、ひきつっている。やっぱり図星だったのか。

「なんでわざわざ、こんなところまで……」

途中でやめたのは、考えが変わったからではない。公太がぎゅっとこぶしを握りしめているのが、目に入ったのだった。さっきのお姉ちゃんの勢いを思い出した。こわくはなかった。ただ、悲しかった。

公太は手を振りあげはしなかった。かわりに、どなった。

「心配だからに決まってるだろ!」

怒声というより、悲鳴に聞こえた。ぎゅうっと胸がしめつけられるような、悲痛な声だった。

部屋がすごく静かになった。誰も、なにも言わない。しばらくして、玄関のほうからがちゃがちゃと鍵が回る音が聞こえてきたときにも、三人とも微動だにしなかった。

「うわっ」

コンビニ袋をぶらさげて部屋に入ってきた柏木さんは、変な声を出した。

「なに?　どうしたの?」

あたしとお姉ちゃんを交互に見て、それから公太に目を移す。

「誰?」

「ごめんなさい」

あたしは小さな声で言った。柏木さんと、公太と、それからお姉ちゃんに。

柏木さんが買ってきてくれたのは、あたしや公太にはふだん手が出ない、高級ブランドのカップアイスだった。中でも割高な一番小さいサイズのものが、なんと十個もある。

「好きなのをどうぞ」

「ええと、あたしはチョコかな」

「じゃあおれは抹茶。いや、やっぱティラミス」

さっきまで本気で言い争っていたのが照れくさく、わざとらしいくらいにはしゃいでいるあたしと公太とは対照的に、お姉ちゃんはおとなしい。いつになく感情的になってしまったこと、特に柏木さんに向かって理不尽に声を荒らげたことを思い起こして、きまりが悪いのだろう。

「ほら、聡美も」

柏木さんがばらばらと並んだカップの中からひょいとバニラをとって、お姉ちゃんに渡した。じゃま者扱いされたことはちっとも根に持っていないみたいだ。打たれ強いのか、鈍いのか、どっちにしても尊敬に値する。

「うめえ、これ」

公太はがつがつとむさぼり食べていて、子どもじゃないんだから、とあたしは少し恥ずかしくなる。

「よかったよ。好きなだけ食べてね」

柏木さんはにこにこして言う。

「甘いものの後で順番がちょっと逆になるけど、せっかくだから四人で軽く食事でも行こうか」

「いいですね」

「公太くん、帰りはどうする予定なの？」

「帰り？」

柏木さんに聞かれた公太はようやくアイスから顔を上げ、首をかしげた。あんなに帰ろう帰ろうと連呼していたくせに、なんにも考えていなかったらしい。

「泊まっていけば？」

お姉ちゃんが横から口を挟んだ。

「愛美、ここ使ってよ。わたしは克己さんのところに泊めてもらうから」

あたしと公太は顔を見あわせた。

「いいの？　すごく助かる」

「すいません、なんか押しかけちゃって」

「いいでしょ？」

お姉ちゃんが柏木さんにたずねた。はにかんだような、不安そうな表情は、はじめて見た。あたしが言うのもなんだけれど、かわいい。

柏木さんが考えこむように言葉を濁した。お姉ちゃんの顔がわずかにこわばる。あたしははらはらしてふたりを見守った。柏木さんがとんちんかんなことを言い出さないように、念じる。いいけど、仕事がある？　いいけど、散らかってる？　大丈夫、お姉ちゃんはそんなこと気にしない。柏木さんと一緒にいられるだけで満足なはずだ。

ところが柏木さんは、あたしが予想したのとはまったく違うことを言った。

「いいけど」

「よかったら、公太くんがうちに来れば？」

「え？」

お姉ちゃんがつぶやき、

「は？」

あたしが聞き返し、

「へっ？　おれ？」

公太がまばたきしてアイスのスプーンで自分の顔を指した。柏木さんがうなずいて、あたしとお姉ちゃんを見比べる。

「ふたりは、ゆっくり話したいんじゃない？」

「そうか」

公太はあっさり納得して、頭を下げた。

「すいません、なにからなにまで」

「いいんだよ、気なんか遣わないで」

柏木さんは鷹揚に首を振った。

「将来は家族になるんだし」

「そっか、そうですよね！」

公太が無邪気に答えた。あたしはそうっとお姉ちゃんを盗み見た。心もち目を見開き、柏木さんをじっと見つめている横顔は、きれいだった。


あたしは床でいいと主張したのに、お姉ちゃんはベッドを譲ってくれた。ちゃんと寝て昨日の疲れをとりなさいよ、という皮肉つきで。

姉妹水入らずで、と柏木さんに気を回してもらったわりに、たいした話はしていない。順番にシャワーを浴びた後、ベッドの上と下に寝そべって、どうでもいいことをぽつぽつと喋っている。枕はほしいかとか、エアコンの温度はちょうどいいかとか、明日の東京観光はどこへ行こうかとか。

「そろそろ電気消そうか」

部屋が暗くなると、窓ガラス越しに聞こえる雨の音が少し大きくなった。さっき公太たちを見送ったときは小雨だったのに、だんだん本降りになってきたようだ。

「明日、晴れるかな」

「大丈夫じゃない？　明け方にはやむって天気予報で言ってたよ」

明日は一日かけて、お姉ちゃんがあたしと公太を案内してくれることになっている。夕方には東京駅まで送り届けてくれるというので心強い。

お姉ちゃんは、あたしたちと一緒には帰らない。明後日には会社に顔を出すという。これからどうなるかはまだわかんないけどね、と投げやりな口調を作ってはいたけれど、顔つきは明るかった。

「朝のうちに新幹線の切符も買っといたほうがいいかもね。あと乗り換えもちゃんと調べとかないと。スカイツリーって、混んでるのかな？」

最初、青山《あおやま》や代官山でおしゃれなお店を見て回ろうとお姉ちゃんははりきっていた。どう考えてもあたしと公太向きではない。自分がひさびさに行きたいのだろうと思いつつ口には出せずにいたら、もっと王道の観光地のほうがいいんじゃない、と柏木さんがやんわりと口添えしてくれた。

柏木さんは仕事があるので、昼食だけ合流する。築地でお寿司にするか、渋谷のイタリア料理にするか、お姉ちゃんと真剣に相談していた。

「今頃、公太も柏木さんのベッドで寝てるかな」

あたしはごろんと寝返りを打ち、ベッドの下に向かって話しかけた。窓の外がぼんやりと薄明るく、横たわっているお姉ちゃんの影がおぼろげに見える。

「あの子なら遠慮しないだろうね。あそこのベッド、大きくて寝心地いいし」

お姉ちゃんにしては、わりと生々しいことを言う。姉妹の間でこの手の話題が出るのは珍しく、あたしは少しどきどきしてまぜ返した。

「一緒に寝てるかもよ？　くっついて」

「やめてよ」

冗談のつもりで言ったのに、お姉ちゃんは心底いやそうな声を出した。兄弟みたいに寄り添って眠るふたりを想像して、あたしのほうはふきだしてしまった。

「ありがとう」

言おう言おうと思っていて、でも面と向かうと口に出せなかったことを、やっと言えた。

「こっちこそ」

お姉ちゃんがぼそぼそと答えた。気恥ずかしくなったのか、芝居がかった口調でつけ加える。

「まさか、愛美に説教される日が来るなんてねえ」

「まさか、お姉ちゃんにびんたされる日が来るなんてねえ」

あたしも調子を合わせた。ふふふ、とお姉ちゃんが笑う。

「でもありがとう、来てくれて。しかも公太まで呼んでくれて」

「へ？」

お姉ちゃんがすっとんきょうな声を出した。

「わたしじゃないよ？」

「え？」

「お母さんから聞いたんじゃないの。さっき電話して愛美をつかまえたって言ったら、公太とも会えたか心配してたよ」

あたしとちっとも連絡がとれないので、公太は直接家まで訪ねてきたそうだ。その時点では鍵のこともあたしたちのけんかのことも知らなかったお母さんは、そのうち帰ってくるのにおおげさな、とあきれたという。あたしが東京に戻ったと教えられた公太のほうは、あわてて追いかけてきたらしい。

あたしは胸の上で両手をそろえた。ルビーの硬い手ざわりが、頼もしい。

「それ、ルビーだよね」

帰り際になって、柏木さんはあたしの指輪を指さした。

「おれがプレゼントしたんです」

公太がすかさず口を挟んだ。柏木さんは軽くうなずいて、お姉ちゃんの首もとに手のひらを向けた。

「聡美のそれは、サファイヤなんだけどね」

そうだろうなとは思っていたが、お姉ちゃんがいつもつけている青い石のペンダントは、やはり柏木さんから贈られたものだという。

「でかい石ですね……」

公太が力なくほめた。けれどもちろん、柏木さんは宝石の大きさを張りあおうとしたわけではなかった。

「知ってた？　ルビーとサファイヤって、実は同じ石なんだよ」

青と赤が対照的な宝石は、もともとは同じ鉱物なのだそうだ。わずかな成分の差で、色あいが違って見えるだけらしい。

「へえ、そうなんですか？」

「知らなかった」

あたしと公太だけでなく、お姉ちゃんも驚いたようだった。柏木さんは満足そうにうなずいて、ルビーにはクロム、サファイヤにはチタンがまじっていて、などともっと詳しい説明をはじめた。

「愛美たちにぴったりだな」

公太が感心したように言った。あたしとお姉ちゃんは顔を見あわせた。

そういえば前に柏木さんも、あたしたち姉妹はよく似ていると言っていた。どこがどう似ているのか、当のあたしたちにはさっぱりわからないのだけれども。

「明日、九時頃には出たいよね」

お姉ちゃんが言う。近所においしいパン屋さんがあるから、バゲット買ってくる。朝ごはんは八時ね」

「七時に起きよう。

九時に出るなら八時半くらいに起きればまにあうのでは、とか、朝はコンビニのおにぎりでいいんだけど、とか、よけいな意見はすべてのみこんで、あたしはおとなしく答えた。

「わかった。起こして」

「ねえ、やっぱりスカイツリーは並びそうな気がする。ネットで予約とかできないかな」

お姉ちゃんはまだぶつぶつ言っている。放っておいたらまた起きあがっていろいろと調べ出しかねないので、あたしは急いでさえぎった。

「明日の朝でいいんじゃない？」

「そう？　大丈夫かな？」

食いさがりかけたお姉ちゃんが、ふわりとあくびをもらした。

「じゃあ、そうしようか」

おやすみと言いかわしてしばらくすると、規則正しい寝息が聞こえはじめた。あたしは目を閉じ、耳をすました。窓の外から響いてくる雨音は、波の音に少し似ている。

解説――どちらも分かる！　正反対の姉妹《しまい》の気持ち

書評ライター　松井ゆかり

私は〝後天的姉妹《しまい》〟の妹である。すなわち、石田《いしだ》ゆり子・ひかり姉妹や広瀬《ひろせ》アリス・すず姉妹ではなく、阿佐ヶ谷《あさがや》姉妹のような（自ら進んでユニットを組んだわけではないが、結婚によって夫の兄の妻である義理の姉ができたという意味で）。義姉は私よりだいぶ年下であるため実感としてはあまり「お姉さん」という気はしないけれども、とてもいい人で良好な親戚《しんせき》づきあいをさせてもらっている。

しかし、一般的な意味合いで姉妹というものが話題になるときというのは、血縁関係にある〝先天的姉妹〟を指す場合が圧倒的に多いだろう。本書の「ふたり姉妹」も、もちろんこちら。姉・聡美《さとみ》は東京の大企業の商品企画部で働いている。一方、妹の愛美《まなみ》は地元のデパートのファッションフロアで販売員をしていたが、幼なじみとの結婚を控《ひか》えて退職したばかり。

物語は聡美が連絡なしに実家に帰ってくるところから始まる。突然戻ってきた娘の姿に目をまるくする母親に、聡美は泊めてくれと頼み込む。そこへ帰宅し姉に対して母親と同じ表情を見せる愛美と、妹が抱える花束にどうしたんだと問いかける聡美。その日は寿《ことぶき》退職する愛美の仕事納めの日だったのだ。家族の団らんの後で姉妹水入らずになると、愛美は多忙なはずの姉がなぜ実家に戻ったのかを訝《いぶか》しみ追及してくる。実は聡美は会社であるトラブルを抱え込むことになり、上司から少し休暇を取ることを勧《すす》められて実家に戻ってきたのだった。事情を知られたくなくてその点についてはなんとかはぐらかした聡美だったが、それなら空いている東京の部屋を使わせてくれという愛美の強引な頼みまでは退《しりぞ》けることができなかった。地元を離れたことのない愛美に結婚したらそうそう気軽に出かけることもできなくなりそうだからと言われて、妹が結婚しても両親の近くに残ってくれることに対して負い目を感じている聡美にはむげに断れなかったのだ。

こうして交渉は成立。田舎《いなか》暮らしの身には殺人的とも思える東京の人混みや電車のラッシュを乗り越え、聡美の住まいにたどり着いた愛美だったが、何者かが部屋に掃除機をかけているところに遭遇《そうぐう》する。その男の正体は、聡美の四歳年上の交際相手で同じ会社に勤務する柏木《かしわぎ》だった。何事にも「本物」を求める柏木を、愛美はうさんくさいと感じて警戒する。一方、聡美は近所をちょっと散歩するだけでも好奇の目を向けられる田舎の空気にうんざりしていたところに、愛美の婚約者で自分にとっても幼なじみに当たる公太《こうた》と出くわす。早く東京に戻ってかわりに愛美を家に帰してくれと懇願《こんがん》する公太にうんざりする聡美。お互いが姉妹の相手の男にいまいちな印象を持っていたにもかかわらず、ひょんな話の流れで愛美は柏木と、聡美は公太と一緒に遠出をすることに。

当てはまらない人もいることは重々承知のうえだが、姉妹のいない女子というものは概《おおむ》ね「お姉ちゃんか妹がほしい」と思いがちなものではないだろうか。私自身も弟に対して大きな不満はなかったが、やはり同性同士の話の早さみたいなものには憧《あこが》れがあった(進路や仕事や恋愛に至るまで、女性であるというバックグラウンドは共通しているわけだから)。

しかし、土俵が同じということはすなわち、相手と自分を比較しやすくもある。聡美は身長が一七〇センチ近くあるが、愛美はそれより十五センチほど低い。愛美曰《いわ》く聡美は「身内の目から見てもお姉ちゃんはきれい」で、聡美は愛美を「姉が言うのもなんだけれど、顔だちだって悪くない」と評している。しかし、ふたりは見た目以外にもかなり違う面が目立つ姉妹だ。最近、〝兄弟姉妹の生まれ順で性格の傾向が決まる〟的な説がけっこう注目されているようだが、それぞれに長女(第一子)・次女(第二子)としての特徴的な性格が与えられている。聡美はしっかり者で優等生タイプ。愛美は人なつっこい愛されキャラ。私自身はふたり姉弟なのできょうだいの性別は違うが、やはり同じ第一子ということで共通点が多いためか、聡美に対してより共感する気持ちが強かった。もちろん同じ生まれ順の人々がすべて似た性格になるとは思わないけれども、「似ているな」と思うポイントが多くなることはある気がする。

相手と自分をくらべてみるという心の動きは、往々にして嫉妬《しっと》やひがみといったものに発展しがちである。実際周りを見てみても、うらやましいほど仲のいい姉妹がいる一方で、険悪としか言いようのない姉妹というのも存在する。容姿や学力のレベル、どちらの彼氏がかっこいいか、どちらが先に結婚するか、夫の収入の多さや子どもの発育の早さなど、捜そうと思えば比較項目はいくらでも見つけられるものだし。

聡美のほうでは、愛美が何事においても要領がよく誰からもかわいがられる性質であることに引け目のようなものを感じている様子。かたや愛美は愛美で、周囲の人々はできのよい姉に甘くて自分は添え物的な扱いであるとうらやんでいるように思われる。つまるところ、ふたりとも自分のほうがまんしてきたと思っているのだ。また、聡美は妹がもっと向上心を持つべきだと批判めいた気持ちを持っているし、愛美はお姉ちゃんはもっと気楽にかまえればいいのにと痛々しさを感じている。相手を気遣《きづか》っているからこそとはいえ、なかなかに平行線な状態であろう。

この小説がすごい、というか著者がすごいのは、こうした姉と妹の心の動きの違いを鮮《あざ》やかに描き出してみせているところである。人間はどうしても自分の立場でしか物事を判断しづらいものだ。我が家の場合だと私には姉として思うところもあったし、弟のほうでも言いたいことがあったろう。同様に聡美には聡美の、愛美には愛美の主張がある。その両方を読者は読むことができるわけだ。姉であろうと妹であろうと（そのどちらでもなかろうと）、読者は「どちらの言うことも分かる！」と納得させられるに違いない。

それは著者が、さまざまな年代・立場の人々について絶妙なリアリティを持たせつつ描くことができるからではないだろうか。『サンティアゴの東　渋谷の西』（講談社）などを読むと、ほんとうに感心させられる。著者と同年代の女性の心情が的確に表現されていることに関しては（それだけでも十分に称賛《しょうさん》されるべきことだが）、「まあ、実際の経験に基づいてもいるのだろうし」と思えるが、異性でしかもまったく年代の違うキャラクターたちの気持ちまでもが切々と綴《つづ》られているのには驚かされる。どうしておじいさん（or中年男性or男子中学生）のことがこんなに分かるのだろうか？

大げんかにつながっても不思議ではなかった姉妹の間のピリピリした感じがどのように収束に向かったかについては、本編を読まれた読者はすでにご存じのとおり（解説を先に読む派のみなさんは、即刻一ページ目に戻って本編をお読みいただきたい）。ちょっとしたことでもめごとに発展するのが家族なら、簡単に仲直りしやすいのもまた家族である。うん、やっぱり姉妹っていい。

最後に著者について少し。瀧羽麻子《たきわあさこ》氏も作家としてはかれこれ十年選手。デビュー作

『うさぎパン』（幻冬舎文庫）の表題作では、パン好きの女子高生が主人公だった。早くに母親を亡くした彼女が、父親の再婚相手である義理の母親や家庭教師の女子大生やパン屋の息子であるクラスメイトに囲まれて成長していく物語だ。基本的にはかわいらしいストーリーだが、主人公が置かれた境遇《きょうぐう》はけっこうシビアである。彼女自身は冷静に状況を把握しており、それでいて思いやりをもって周囲に接しているところに好感が持てた。代表作はやはり「左京区」シリーズだろうか。第一作『左京区七夕通東入ル』（小学館文庫）を含めて三作、理系男子たちのキュートな恋模様が心に残る（理系男子的不器用さを愛する読者におすすめ！）。近年は、ちょっと変化球な幼なじみもの『ハローサヨコ、きみの技術に敬服するよ』（集英社文庫）や、造船会社を舞台にしたいわゆるお仕事小説『乗りかかった船』（光文社）など、活躍の場をさらに広げられている。ちなみに、いまのところ個人的に一番ぐっときた瀧羽作品は、前述の『サンティアゴの東　渋谷の西』に収録されている「アントワープの迷子」。婚約者と破局したことを言えずにひとり旅行に出かけた娘を追いかけてきて、ベルギーを心の赴《おもむ》くままに動き回る母親のフリーダムさがまぶしい短編だ。

本書『ふたり姉妹』の主人公たちは二十代女性だが、彼女たちを取り巻く男たちのことも丁寧《ていねい》に描かれているので、ぜひ男性読者にも手に取ってみていただきたい一冊である。いずれの作品においても、右往左往し時に落ち込みながらも前に進もうとする主人公たちの潔《いさぎよ》さが胸を打つことに変わりはない。ちょっと疲れちゃったなと思ったときには、ぜひ「瀧羽麻子」の名前を思い出されるとよいかと思います。

（この作品『ふたり姉妹』は平成二十七年五月、
小社より四六判で刊行されたものです）

ふたり姉妹

一〇〇字書評

切・り・取・り・線

購買動機（新聞、雑誌名を記入するか、あるいは○をつけてください）

□（　　　　　　　　　　　　）の広告を見て
□（　　　　　　　　　　　　）の書評を見て
□ 知人のすすめで　　　　□ タイトルに惹かれて
□ カバーが良かったから　□ 内容が面白そうだから
□ 好きな作家だから　　　□ 好きな分野の本だから

・最近、最も感銘を受けた作品名をお書き下さい

・あなたのお好きな作家名をお書き下さい

・その他、ご要望がありましたらお書き下さい

住所	〒				
氏名		職業		年齢	
Eメール	※携帯には配信できません	新刊情報等のメール配信を 希望する・しない			

この本の感想を、編集部までお寄せいただけたらありがたく存じます。今後の企画の参考にさせていただきます。Eメールでも結構です。

いただいた「一〇〇字書評」は、新聞・雑誌等に紹介させていただくことがあります。その場合はお礼として特製図書カードを差し上げます。

前ページの原稿用紙に書評をお書きの上、切り取り、左記までお送り下さい。宛先の住所は不要です。

なお、ご記入いただいたお名前、ご住所等は、書評紹介の事前了解、謝礼のお届けのためだけに利用し、そのほかの目的のために利用することはありません。

〒一〇一・八七〇一
祥伝社文庫編集長　坂口芳和
電話　〇三（三二六五）二〇八〇

祥伝社ホームページの「ブックレビュー」からも、書き込めます。
http://www.shodensha.co.jp/bookreview/

祥伝社文庫

ふたり姉妹《しまい》

平成30年 1 月20日　初版第1刷発行

著　者　瀧羽麻子《たきわあさこ》

発行者　辻　浩明

発行所　祥伝社《しょうでんしゃ》

東京都千代田区神田神保町 3-3

〒101-8701

電話　03（3265）2081（販売部）

電話　03（3265）2080（編集部）

電話　03（3265）3622（業務部）

http://www.shodensha.co.jp/

印刷所　錦明印刷

製本所　ナショナル製本

カバーフォーマットデザイン　芥 陽子

ISBN978-4-396-34385-9 C0193

〈祥伝社文庫　今月の新刊〉

盛田隆二

残りの人生で、今日がいちばん若い日

切なく、苦しく、でも懐かしい。三十九歳、じっくり温めながら育む恋と、家族の再生。

西村京太郎

急行奥只見《おくただみ》殺人事件

十津川警部の前に、地元警察の厚い壁が…。浦佐から会津へ、山深き鉄道のミステリー。

瀧羽麻子

ふたり姉妹《しまい》

容姿も人生も正反対の姉妹。聡美と愛美。姉の突然の帰省で二人は住居を交換することに。

橘かがり

扼殺《やくさつ》　善福寺川スチュワーデス殺人事件の闇

『恋と殺人』はなぜ、歴史の闇に葬られたのか？　日本の進路変更が落とした影。

簑輪　諒

うつろ屋軍師

秀吉の謀略で窮地に立つ丹羽家の再生に、空《うつ》論《ろ》屋と呆れられる新米家老が命を賭ける！

富田祐弘

忍びの乱蝶

織田信長の台頭を脅威に感じている京の都で、復讐に燃える女盗賊の執念と苦悩。